读·品·悟在文学中成长·中国当代教育文学精选系列

高长梅 王培静 ◎ 丛书主编

你是春风雪中来

张爱国 著

花山文艺出版社
河北·石家庄

图书在版编目（CIP）数据

你是春风雪中来 / 张爱国著. -- 石家庄：花山文艺出版社，2012.8（2024.6 重印）
（读·品·悟：在文学中成长·中国当代教育文学精选系列 / 高长梅，王培静主编）
ISBN 978-7-5511-1377-9

Ⅰ.①你… Ⅱ.①张… Ⅲ.①小小说－小说集－中国－当代 Ⅳ.①I247.8

中国版本图书馆CIP数据核字(2013)第186068号

丛 书 名：读·品·悟：在文学中成长·中国当代教育文学精选系列
丛书主编：高长梅　王培静
书　　名：你是春风雪中来
　　　　　NI SHI CHUNFENG XUE ZHONG LAI
著　　者：张爱国

策　　划：张采鑫
责任编辑：王　磊
特约编辑：李文生
装帧设计：北京九洲鼎图书有限公司
美术编辑：王爱芹
出版发行：花山文艺出版社（邮政编码：050061）
　　　　　（河北省石家庄市友谊北大街330号）
销售热线：0311-88643299/96/17
印　　刷：三河市中晟雅豪印务有限公司
经　　销：新华书店
开　　本：710mm×1000mm　1/16
印　　张：8.5
字　　数：140千字
版　　次：2013年9月第1版
　　　　　2024年6月第3次印刷
书　　号：ISBN 978-7-5511-1377-9
定　　价：49.80元

（版权所有　翻印必究·印装有误　负责调换）

CONTENTS | 目 录

Chapter 1
第一辑 父亲不累

父亲不累 ·· 2
红蜘蛛 ·· 4
一夜戒备 ··· 6
傻瓜父亲 ··· 8
进城 ·· 10
捉蜻蜓 ··· 12
父亲报喜不报忧 ··································· 15
找不到妈妈的夜 ··································· 17
一个人的镇长 ······································ 19
杀鹅 ·· 21

你是春风雪中来

Chapter 2
第二辑 复苏的母性

不放弃的鹅	26
麋鹿安亚尔	28
雌狮吉布	30
狼王之死	32
猎豹妈妈的错误	34
公豺黑背	37
复苏的母性	39
夙敌	41
遭遇东北虎	43
爬树的狮子	45
蜂王之死	48
复仇的猎狗	50
绝对战胜	52

Chapter 3
第三辑 真假失忆

捉贼	56
砸鸭子	58

CONTENTS | 目录

陌生电话 ……………………………… 60
杀鸡 …………………………………… 62
火海里的宝贝 ………………………… 65
真假失忆 ……………………………… 67
尹子庭死了 …………………………… 69
你不知道 ……………………………… 71
挖塘 …………………………………… 73
1976年的一坨牛粪 …………………… 75

Chapter 4
第四辑 唱支歌儿给你听

逃亡者 ………………………………… 80
地生我材 ……………………………… 82
只为那21双大眼睛 …………………… 84
错乱世界里的守护 …………………… 86
你是春风雪中来 ……………………… 88
唱支歌儿给你听 ……………………… 90
天堂里没有独来独往 ………………… 92

Chapter 5

第五辑 最后一个敌人

大槐树下 …………………………… 96
胖石匠 …………………………… 98
救火 …………………………… 100
谁是傻瓜 …………………………… 103
冰坨里的英雄 …………………………… 105
青花罐 …………………………… 107
一碗泥鳅面 …………………………… 110
最后一个敌人 …………………………… 112

Chapter 6

第六辑 生死追逃

搭床 …………………………… 116
生死追逃 …………………………… 118
应聘 …………………………… 121
麻石匠 …………………………… 123
张庄抗日人物·三叔 …………………………… 125
张庄抗日人物·四爷 …………………………… 128

第一辑 / **父亲不累**

# 父 亲 不 累

那天,父亲从地里挑回一担山芋,倒到地上,正要挑起空筐走,我跑过去一屁股坐进一只筐里,要他挑我到地里。父亲捏捏我的小胖脸蛋儿,从门口搬来两块土坯,放进另只筐里,挑起来。于是,我在颤悠悠的箩筐里和着父亲"哼哼唧唧"的小调儿,张开翅膀,飞了起来。

我老远就站在筐里挥着手,跳跃着,高叫着,向母亲炫耀,我是想让母亲来和我一起分享我的快乐。不料母亲却阴下脸,骂我太不懂事太不像话:"你爹都挑了一天了,不累?"我疑惑地看父亲,父亲向我撇撇嘴,斜斜眼,又笑了笑,摇摇头——"哦!他不累呢!"我白了母亲一眼,跑向一边捉蚂蚱去了。

回来的路上,扁担在山芋的重压下,发出沉闷的"吱呀"声。我一会儿挥着山芋藤在父亲身后"驾!驾!"地学着他犁田驱牛时的动作大叫着,一会儿又跑到父亲面前做鬼脸,使绊子。我想到母亲刚才骂我的话,又求证地问:"爹,你是不累吧?"扁担下的父亲乜了我一眼,挤出一丝笑意:"不……不累!"我一听,一蹦老高,心里责骂母亲不懂父亲:"我爹不累呢。"

我跑去向一位小伙伴传达我坐在箩筐里让爹挑着的美妙感觉,当然,我没忘了极力向他炫耀我爹不累。小伙伴终于抵挡不住享乐的诱惑,以保证以后不再欺负我为条件,我答应让他也坐坐我爹的箩筐。

父亲正站在水缸边用葫芦瓢"咕噜咕噜"地喝着井水。我坐进一只筐里,示意小伙伴也坐。小伙伴瑟瑟地不敢坐。我怂恿他:"不要紧,我爹不累。"父亲走过来,瞪了我一眼,我噘起小嘴,乜着他:"不是呀?你刚才说了,你不累的,你不累的!"父亲龇了龇嘴:"嗯,不累!"就擦擦额头的汗,挑起担子,在纷飞的石子

间(我和小伙伴在筐里打"石子仗"),又走进了夕阳的余晖里。

到了地里,母亲走过来就给我两个耳刮子,骂父亲:"牛啊?累死倒也罢了!"父亲擦着脸上的汗,憨憨地说:"娃子乐呢,不累!"我心里狠狠地骂母亲多管闲事:"打人的手要是被蛇咬一口就好了!"

晚上,蚊子的嘴里像是安插了一把开矿的钢钻,插进肉里就绞得人一阵痉挛。我蜷缩在父亲的怀里,享受着他蒲扇挥舞下的那一块无蚊区的安全与宁静。但偶尔,父亲许是偷懒了——蒲扇高高地举起,到了空中却慢慢地静止了。蚊子就抓住这个机会,偷袭了我。迷迷糊糊中,我在父亲的怀里拳打脚踢起来,嘴里"咕咕噜噜"地骂着:"你不累,还不打蚊子!"这时,父亲就触电般"哦"一声,蒲扇也跟着夸张地舞动起来。我又模模糊糊听母亲说:"累了,我来吧。"父亲喃喃地说:"不累……"

如今,我也成了父亲。人到中年,总是有着永远都做不完的事,整日奔波在外,回到家常常连饭碗都懒得端,但还必须耐心、虔诚地面对儿子无休止的各种问题和游戏。一段时间里,儿子喜欢上一种叫"将军骑马"的游戏,一到家,就缠着我和他一起玩。多少次,我筋疲力尽,腰酸背痛,但面对儿子兴致勃勃的样子,我立时又不觉得累,低下头,趴到地上,撑起两手,撅着屁股。儿子拍一下我的头,耀武扬威地跨上我的背,挥鞭打一下我的屁股,"驾——驾——"地喊着驰向战场……

一天,妻子对儿子说:"宝宝,爸爸累了,歇会儿吧。"

儿子这才像是想起了什么,斜过头,像将军对良马的爱抚,小手揪起我的一只耳朵:"爸爸,你累了?"

我侧起头,见他满脸的失望和沮丧,连声说:"不……不累!"

儿子一听,对他母亲乜一眼,说:"哼,爸爸不累呢!"就"驾"的一声,冲锋陷阵去了……

这时我才明白:男人做了父亲,就不再累了。

# 红 蜘 蛛

西天的最后一缕阳光从窗子照进寝室抚摸在脸上的时候,马力醒了。揉揉惺忪的眼睛,马力这才意识到肚子早已空空,怪不得睡梦中好几次坐在肯德基店里呢。马力的头还很昏胀,他算了算,这一觉虽然近10小时,但相对网上连续22小时的黏糊毕竟是少得多。

晚饭时间到了,马力得赶紧吃饭,说不定亲爱的黑蚂蚁已经挂在线上等着了。

马力拿起饭缸向食堂走去。双休日,吃饭的人很零散,食堂里出现了平时难得的冷清。窗口处三三两两的人,漫不经心。马力走到那个美女师傅窗口,与美女相视一笑,就递过缸子,老规矩,三块钱菜,五毛钱饭。美女将饭菜打好放到窗台上,看着马力,等他刷卡,马力一边看着美女暧昧地笑,一边将卡插进刷卡机。忽然,马力的脸红了——他卡上的六十多块钱昨天被几个MM在肯德基消费掉了,现在,他的卡上一分钱也没有!马力不知道是怎么走出来的,只记得那美女师傅怪异的笑声伴着他一直到门外。

饭菜虽然端了回来,但马力的肚子仿佛饱了,这个月已经过去了一周,但这个月的"薪水"还不见打过来。马力气冲冲地拿起电话。

拿起话筒的那一刻,马力随手按下电视机按钮,号码还没拨完,马力却被电视节目吸引住了。电视正在播放马力喜爱的动物专题片,尤其是那个动物的名字竟然就是他的网名——红蜘蛛。马力放下电话,从同学衣袋里摸支烟,点上,专注地看电视:

一只生活在非洲沙漠上的雌性红蜘蛛,产下一百粒左右的卵,为防止其他

昆虫伤害，体弱的它艰难地吐出黏黏的丝将那些卵严实实地裹成个蚕茧状的卵包。母蜘蛛还是不放心，仍然专注地守护在卵包旁，直到一个月后，卵包裂开一个小口子，小蜘蛛们一个个爬出来。

小蜘蛛们一出来就要吃东西。等它们吃完母蜘蛛产下的十几粒食物，三天已经过去，小蜘蛛们也明显长大了。母蜘蛛开始领着小蜘蛛们寻找食物，但小蜘蛛们好像天生就是好吃懒做的家伙，根本就不按照妈妈的意志去做，总是一群一群互相追逐、嬉闹。待母蜘蛛捕到食，它们就一哄而上争抢起来。吃完后，又开始追逐、嬉闹……终于，母蜘蛛捕获的食物再也不能满足它们的肚皮了。

可能是饿极了，小家伙们停止了嬉闹，一个个聚集到妈妈身旁。开始是几只不友好地向妈妈动手动脚，后来是一群，一大群，全部，接着就有三两只爬到妈妈身上……母蜘蛛像做错了事的孩子，一动不动，任凭它的孩子们向自己发泄不满。终于，有一只小蜘蛛将它那尖锐的吸管插进妈妈的体内！突然的疼痛使母蜘蛛浑身一震，直震得几只小蜘蛛滚落下来。母蜘蛛立即又归于平静，伏在那儿，一动不动。几乎同时，上百只"吸管"争先恐后地捅进了母蜘蛛体内。母蜘蛛依然静静地伏着，任凭自己的体液源源不断地流进小蜘蛛们的体内……

马力手中的烟已燃尽，但没有发觉。只听解说员说："母蜘蛛用自己的体液满足了儿女们4天的营养。更重要的是，母蜘蛛用自己的血肉唤醒了儿女们捕猎的天性！4天后，在吸尽母亲最后一滴体液后，已经长成成虫的小蜘蛛们一哄而散，开始了自己的独立生活……"

马力的手猛然一抖，抖落掉烧到手指的烟蒂。电视上那放大的小蜘蛛刺向母蜘蛛的尖刺，让马力不由得想到那刺向母亲血管里的抽血的针头！

马力又一次拿起电话，拨起那串熟悉又陌生的号码。电话"嘟嘟"地叫着，直到传出无人应接的信号。

马力看着霓虹灯下的大学校园，同学们正三三两两地散步或戏耍。马力的眼睛湿润了，喃喃地说："都这么晚了，妈妈，您到哪儿去了？您吃饭了吗……"

一 夜 戒 备

丹丹家在村子最西头，单门独户，一口弯嘴塘将她家与村子隔开。丹丹家的房子是去年建的，三间，红砖青瓦，室内用石灰抹得平整光滑——这是爸爸妈妈近十年在外打工的结晶。一走进房子，丹丹就觉得到处都散发着爸爸妈妈的体味，因此丹丹就格外珍惜这房子。每周放学回家，丹丹第一件事就是打扫、收拾、布置房子。

可是今天，丹丹却对这亲爱的房子有了莫大的恐惧感，因为今夜有地震。

要地震的消息是昨天傍晚传开的。那时丹丹正在学校上自习，忽然校园炸了锅，不少家长跑着叫着冲进教室，拉起自家孩子就跑。丹丹知道了，要地震了。后来，学校和老师一再说不会有地震，但丹丹和没有家长领走的同学还是在忐忑不安中挨过了一夜。

本指望那夜过了就没事了，哪知今天有关地震的消息越传越吓人——同学们都认为地震今晚发生的可能性最大。同学们都窝在操场上，甚至有几个老师也不敢进教室了。恰好星期五，学校下午只象征性地上了一节课，就放学了。

姑姑家的表弟病了，奶奶前天就带着弟弟去了。现在只丹丹一个人在家。丹丹草草吃了晚饭，她胆小，怕黑。往常，丹丹偶尔一个人在家，不待太阳落山就拴了门，还把椅子、铁叉、锄头等抵到门上。她甚至发明过一种"自动报警器"——将一串自制的风铃挂在门上，坏人一来风铃就响（只是那夜丹丹还是吓得半死，因为风铃遇风也响）。但今天，丹丹矛盾极了：从防震角度说，应该将门开着，以便逃生；但坏人也不得不防，防坏人就得把门拴紧、抵紧。丹丹陷入了巨大的恐惧中。

丹丹一次次把门拴紧、抵紧，又一次次打开，再拴再抵……最终，丹丹对新房子的情感战胜了对地震的恐惧。它将门拴紧、抵紧，就拿出课本看。可她的心总是"怦怦怦"跳，眼睛也总是被房梁和头顶的灯泡牵引着，她总觉得它们在抖动。她一个字也看不进。

丹丹索性推开了书，看电视。今天是周末，换遍了所有的台，尽是帅哥美女们的欢声笑语，还有些城市同龄人和他们父母、祖父母(外祖父母)的家庭才艺展示。丹丹最喜欢看这些节目，但今天她实在没心情，啪地关了电视。

丹丹和衣上了床，也不敢关灯，警惕地注视着房子的每一个角落，希望能在第一时间从那儿得到地震的信息。她一次次默念老师今天说的"地震逃生要领"：不恐慌，能逃则逃，不能逃就抱头蹲在屋角或桌椅旁……但睡着时发生地震怎么办？丹丹本来对自家新房子的坚固性是毫不怀疑的，但电视上汶川、海地、玉树那么多倒塌大楼的画面又让她不自信了。丹丹不想死——我死了，这新房子谁照料？弟弟以后功课谁辅导？奶奶下次犯头晕病谁给她倒水递药？爸妈过年回家看不到我多伤心？他们年老生病时谁服侍？

丹丹走下床拖饭桌，地面不平，丹丹怕伤了桌腿，就钻进桌底下用后背撑。丹丹将桌子紧挨着床放下，她想，房子一旦震倒，桌子是能支挡一下的。丹丹又想到电视上有人地震后好几天才被救出来，都饿得快不行了，于是又赶紧下床，装了一袋剩饭、一袋花生、几瓶水，然后放到枕头边。丹丹盘算着，这些东西至少够维持一个人两周的生命。丹丹笑了。

丹丹的笑容突然僵了，继而热泪滚滚：不知道爸妈那儿是否也要地震？他们是否知道？是否也像我一样做好了准备？奶奶、弟弟和表弟表妹是否也做好了准备……

床头突然响起的电话吓得丹丹一大跳。她赶紧擦干泪，拍拍胸脯，拿起话筒，笑着说："爸，妈，我们都好。奶奶头不晕，弟弟不感冒，不调皮，我……还那样，奶奶、弟弟去姑姑家了。我啊？胆子大了，才不怕黑呢……"

放下电话，丹丹的泪又来了。她不知道自己为什么不告诉爸妈她此时的恐惧，她更不知道这一夜该怎么过。她只默默祈祷着，祈祷明天的太阳早点出来。

傻瓜父亲

那时候，父亲一下班我就闹着和他玩游戏。父亲总是乐呵呵地说："好啊！玩什么？"我眨巴眨巴小眼睛，说："吓死胆小鬼！"父亲立即缩头抱肩，颤抖着，苦歪歪地说："我怕！我怕嘛……"于是我更来劲了。

游戏开始了。我躲在门内一侧，父亲先走到门外，然后摇头晃脑地哼着小调儿走来。当父亲走到门边时，我猛然跳出来，大叫："别动！"父亲一声惊叫，浑身瑟缩，双手捂脸，"呜呜"叫着："啊……妖怪！妖怪，我怕……"一旁的我，早已手舞足蹈起来。

接着，我们互换角色。我也哼着小调儿走，但到门边时我停下了，手扶门框，慢慢探进头，睁大眼，搜寻着父亲——太好了，父亲竟然闭着眼，睡着了。我得意起来，小调儿哼得更高更欢了。父亲这才发现了我，柔柔地抓住我，平静地说："别动。""我不怕！我才不怕呢……"我又一次手舞足蹈起来。

如此几次，如此多日，我开始嘲笑父亲，并向母亲炫耀："爸爸真是大傻瓜，天天玩，都不知道我躲在门后，都被我吓得要死。看我，一次都没吓到，一点儿都不怕……"这时候，父亲母亲就乐呵呵地说："是啊，爸爸是个大傻瓜。"

同样是游戏，玩"丢沙包"时，每次我把沙包丢到父亲屁股后他都不知道，直到我走了一圈回来了，他才恍然大悟地爬起来要跑，却被我牢牢抓住。于是，父亲又在我手舞足蹈和"大傻瓜大傻瓜……"的笑骂中，学狗叫、装乌龟爬，或者成为我的"座下骑"。

高二那年，我不可救药地爱上了班上的一名女生。那段时间，我吃饭、听课、睡梦里都是她。我买了几本"怎样写情书"的书，一回家就钻进书房给她写信。可是,一封封信都如泥牛入海,连她的一个眼光也得不到。我痛苦极了。

这天晚上,我正伏在桌上搜肠刮肚地写情书,父亲轻轻地敲响了门,我不情愿地开了门。父亲手捧一个纸包,乐呵呵地站在门口,说:"板栗,新鲜的板栗,快吃。"我冷冷地接过来,丢到桌上,关了门,继续搜寻我肚中可怜而有限的几个火词热句。无意间,我发现包板栗的报纸上赫然写有几个字——"教你谈恋爱",我赶紧拿过看。天啊,整整一个版面,都是有关中学生恋爱的事,而且仿佛专为我而写。我笑了:父亲真是十足的大傻瓜!别人的父母像盯贼一样严防子女恋爱,连他们的一张纸都要反复审查,而他呢,竟然粗心地将如此"中学生不宜"的报纸送给了我,真是太傻了。一周后,父亲又给我送来板栗,依然用一张类似的报纸包着。

我依照这两张报纸的引导,很快走出了"苦恋"的泥淖,和那女孩成了好朋友,而且在她的帮助下我顺利上了大学。

父亲的傻劲在我上大学时再一次显露出来。

上大学后,我第一次给父亲打电话要钱。父亲说:"没有。"我吃惊,我家条件向来不错,我从小到大都不差钱,现在怎么会没了呢?当父亲说被骗子骗了时,我直笑他是傻瓜。

后来,每当我要钱,父亲总是说他被骗了。我终于怀疑他的话,打电话问母亲。母亲愤愤地说:"骗?谁骗得了他?赌!天天赌!天天输!输了就骗!骗我!骗你!"

我赶紧劝父亲:"你说过,赌博的都是傻瓜,戒吧。"

"不!我要扳本!我一定要扳本!"电话那头的父亲说着就兴奋起来了,"儿子,等我扳了本,赢了大的,你,就有钱花了……"他俨然十足的赌徒。

我"啪"地挂了电话,心里恨恨地骂:"傻瓜!超级傻瓜!"

从此,我不得不放弃曾经的"享受大学"的梦,边读书边打工。

两年前,我大学毕业,需离家到遥远的另一座城市上班。行前的晚上,父亲递给我一张卡,我冷冷地说:"你的钱你留着输吧,这几年我自己赚的钱还用不完呢。"父亲露出他那招牌似的傻笑,说:"这是你的钱,是从你这4年生活费中克扣下来的。"

见我愣着,母亲"呵呵"笑了:"实话告诉你吧,你爸至今连麻将都认不清,还输什么钱啊?都是他的鬼点子……"母亲还告诉我,当年引导我走出"苦恋"泥淖的那两份报纸,是父亲花了几千块钱先请人写文章,再到印刷厂印的……

刹那间,我热泪盈眶。与此同时,我明白了:在儿女面前,父亲甘愿做傻瓜。

进　　城

大公鸡刚张开口,瘪爷就从床上弹起来。瘪婶惊恐地问:"啥……啥事?"

"鸡叫了,误车了。"瘪爷一边"哗哗哗"撒着尿,一边回答。

"神经病,天还没亮,哪会误?"瘪婶说着又躺下去,嘟囔着,"人家都没进过城?就你儿子在城里工作?现世宝……"

瘪爷穿着裤衩子,从水缸里舀一瓢水,抹一把脸。瘪婶又说:"用毛巾洗,今儿光鲜点,不能给儿子丢脸……"

院子里静悄悄的,夜风凉飕飕。瘪爷吸了几口凉风,就挑起粪桶往茅厕走去。瘪婶急忙问:"你干啥呀?"

"天还早,趁凉快,我挑几桶粪。"

瘪婶踢踢踏踏跑出来:"死脑子!马上进城了,还带一身粪臭,成心丢儿子的人啊?"

"哪里哟,今儿进城,儿子一定要带我们在城里玩。城里那么大,一两天肯定玩不完。兔崽子要是有了相好的,就更要把我们多留上几天了。粪错过这几天毒日头,虫卵就晒不死。"瘪爷说着又向前走,"挑几担后我就洗个泥巴澡,不会有臭味的……"

瘪婶索性不睡了,拿起昨晚叠好的衣服,轻轻穿起来,还不时地拉啊抹的。穿好衣服后,瘪婶又认真地洗了脸,然后用那把老式的木梳子,蘸着洗脸水,在头上梳了又梳,直梳得地上一层花花白白的头发。瘪婶又打开那些大包小包,咸鸭蛋、干豆角、红小豆、腌莴笋、炒南瓜子……一个个都还安静地待在包里,瘪婶放心了,开始烧早饭。

　　瘪婶喊瘪爷吃早饭的时候,太阳还没露脸。瘪爷光着身子站在水塘边,大把大把地将泥巴往身上抹。瘪婶过去帮忙,才碰到泥巴就惊叫道:"泥巴这么凉,不会感冒吧?"

　　"没事。"瘪爷直打着寒战,"老婆子,都说女人啊,头发长见识短,这话说别的女人,我信!说你嘛,打死我也不服!"

　　"啥神经啊?"瘪婶将一把泥巴抹在瘪爷后背上。

　　"那年,就是你病了我也伤了腿那年,儿子心疼咱们,要不念书了。说实话,当时啊,我心里吧,还真有了装孬的想法。好在你倔得像驴,不同意!"瘪爷跳进塘里,一边搓洗一边说,"要不然,儿子今儿能在城里工作吗?我们今儿能进城吗?"

　　"你可晓得我当时为啥那么坚决?"瘪婶轻叹一声,"还记得你那腿是挑大粪跌的吧?你躺床上那两个月,你身上、床上、整个家里,都是大粪臭,院子里的苍蝇更是赶不尽。我心里就发狠:一定要让儿子远离大粪……"

　　瘪爷吃面条时,瘪婶又用抹布在那大包小包上擦来擦去——她晕车,不敢吃东西。

　　去车站的路上,遇到邻村一个挑大粪的,瘪爷老远就大声招呼,还跑上递一支烟。对方问:"哪去啊,穿得这么精神?"

　　"去合肥!儿子毕业了,在合肥上班呢。"瘪婶迫不及待地说。

　　"啥?公子在合肥上班啊?"对方既吃惊又羡慕,"上啥班啊?坐办公室的吧?"

　　"管他呢,反正不会像你我这样挑大粪了。"瘪爷打了个响亮的喷嚏,给对方点上烟,"上个月才上班,具体做啥我们也不晓得呢……"

车到城郊车站时,地上像烧着火,两口子迫不及待下车——一个早晨受了凉急着上厕所,一个晕车黄疸都要吐出来了。

瘪爷刚进厕所就拎着裤子跑出来,凑到"呕呕"吐着的瘪婶身边,脸色惨白,哆嗦着说:"上次,你到村主任家接电话,儿子到底说没说,他……他上啥班?"

"我都说一万遍了——没说!"瘪婶忽然惊慌起来,"你干啥这样子说话?你干啥这样子看着我?吓死我啊?"

"厕……厕所里,几个掏大粪的,只露着眼睛,有一个,走路、说话,咋那么像……像咱们儿子?"瘪爷说着就啪地给自己一个耳光,"不可能,咱儿子是大学生!"

"要死啊你!"瘪婶胳膊肘猛地拐到瘪爷脸上,"你明明晓得不可能,为啥还这么说?要我命啊!"

"我……我……"瘪爷摸着自己滚烫的额头说,"我发烧了,说胡话呢……"

"烧……烧死你哟……"瘪婶哇一的声,又吐了——直吐得满脸是泪。

捉　蜻　蜓

秋后的阳光还很奢侈,唯独对他们的房子很吝啬——房里没有阳光,幽暗清凉。

"小欢,小欢!快看,那是什么?"她在床上惊叫着。

"莲子,在哪儿?在哪儿?"被唤作小欢的男人踢踢踏踏地跑来。

她努力想从床上坐起来,但不成功:"木头疙瘩,快扶我起来啊!"

他急忙弯下腰,将厚枕头靠到床头,再将她轻轻扶起,靠在枕头上。

"你看,就在窗边趴着。"她指着那只蜻蜓。

"没有啊。"他仰着头,睁大眼睛,"莲子,你看花眼了吧。"

"瞎子!就你那二百五的眼还敢说我眼花?窗顶上一拃远的地方,是蜻蜓还是蝴蝶?"她愤愤地说,"快捉给我,我要玩嘛。"

"嘛!"他像极了电视上的太监,哈着腰,搬过一把椅子,放到窗下。两只手摁了摁,有点晃,又搬来一把椅子。他弯腰要脱鞋上去,她却等不及了:"快点啊,咋比女人还啰唆!""嘛!"他赶紧直起腰,右手抓着窗框,左手扶着椅背,右脚轻轻踏到椅子上,用力踩一踩,很稳当。他深吸一口气,右手松开窗框抓着窗栏,左脚再小心翼翼地提到椅子上。他蹲在椅子上,紧紧抓住窗栏,身子不由得微微颤抖。

她夸张地咳一声,他一惊,知道再不站起又要讨骂了,于是两只手死死抓着窗栏,像电视中的慢镜头一样,一耸一耸,站了起来。

"莲子,真是一只蜻蜓!"他高兴地说着,就抽出一只手去抓,可是蜻蜓受惊吓,飞了。他急了,挥手去抓,身子却一歪,一屁股坐到窗台上。

"他爹,没摔到吧!"她在床上惊叫。

"没有,没有。"他坐在窗台上,大口喘息,"你犯规了,受罚吧。"

"我犯啥规了?"她疑惑地问。

"嘿嘿,你刚才叫我啥了?"他一副得意的样子。

"叫你啥了?我不知道。"

"装!你刚才叫我'他爹'了。"他小心翼翼地从窗台上下来,"嘿嘿,你定的规矩:不许提到他们。"

"那不算,那是人家刚才被你吓着了,心一急就漏了嘴。"她立马佯怒起来,"小欢啊小欢,你真是狗咬吕洞宾,把人家好心当成驴肝肺了。我是关心你呢,你还要罚我……"

"就是罚你,罚你……"他扑到床上,隔着被子,在她身上一阵胡摸。屋子里充满了快乐的笑声。

"别闹了!别闹了!"她抱着他的脖子,干瘪的唇在他沟壑遍布的额头上啪地亲一口,再一推,"快去!看蜻蜓飞哪了,我要玩。"

你是春风雪中来

"嚯——"他摸了摸额头,"哦不,莲子,你该吃药了。"他说着就去拿药。

"不急不急,先把蜻蜓捉给我。"她的脸红扑扑的,"小欢,还记得那年吧?都58年了!那天我们俩吵架,我跑回了娘家。第二天傍晚你去接我,为了逗我开心,你一路上捉了很多蜻蜓……"

他轻叹一声:"可是不久,兵子出世了,我们就……"

"罚!罚!你说到他们了!"她拍着床沿大叫,"快来受罚!"

"呸!"他对着自己的嘴轻轻一巴掌,蹲到她的床边,"兔崽子们,总害老子受罚!"

她得意扬扬,拿出一张自制的画着王八的纸面具,唾一口,啪地贴到他脸上。

蜻蜓竟然落到她的帐子里。他爬上床:"莲子,还记得吧,那时候蚊子多,几个娃子——哦不……"

"这次饶你了,你接着说。"她笑着,喘着。

"蚊子多,兄妹几个睡觉又混,身上脸上总被叮得大包小包,你就让我捉蜻蜓放帐子里……"

"是啊,你……那时候,到外边……就能……捉……多……蜻蜓……"

"他娘,你怎么了?"他扑过去,抱住她。

"他爹,我……去了。给他们……打电话吧,坐飞机……也要……一天呢。"她呼吸越来越急促,"他爹,你……一个了……"

第一辑 | 父亲不累

父亲报喜不报忧

父亲65岁了。18岁就当村干部，单是村支书就干了二十五六年。半年前，上级终于同意父亲退休（在农村，像父亲这种"官"，说是退休，其实是没有任何待遇的）。父亲告诉我这一消息时是乐呵呵的。我担心父亲突然不干了，会无聊、着急。电话那头的父亲却说："急啥，早就该歇歇咯。"

我到底不放心，第二天打电话叫父亲到我这儿住几天。"哼，到你那干啥？哪有我在家自在？"父亲不急不慢地说，"早晨、傍晚，和你妈一起到菜园里，松松土，施施肥，浇浇水，扯扯淡；白天，和你妈一块儿打打小麻将……"

我知道父亲从来不打麻将也反对打麻将，就表示怀疑，父亲说："今非昔比了，以前是干部，要注意身份嘛。"接着向我叙说为打麻将与我母亲吵架的事，"按我和你妈的协议，昨天麻将应由你妈打，我一旁观战，但我觉得手气好，硬要打。有一牌，你妈要我出三饼，我非出六饼，结果让下手的你二大妈'放炮'了。你妈抓住这个机会要赶我下场，我不干，你妈气了，到现在还不理我呢。"我佯怪父亲赖皮，快向母亲道歉。父亲"嘿嘿"笑。我也笑了。

前天出差，在事先没有通知父母的情况下我回了家。到家时是下午三四点，走进院子就听到内房电视里家乡戏庐剧的唱白声。我走进门，看见父亲侧卧床上，没有盖被子，双脚的鞋子也没有脱，搭在床沿边，一只手支撑着一侧的脸，向着电视，睡着了。

我喊醒父亲，问他怎么没去打麻将。"打麻将？"父亲很吃惊，却忽然又像想起了什么，说，"今天，你……你二大妈他们，都有事去了……你妈在菜园里，我去喊。"父亲说着就往外跑，嘴里还补充似的说，"今天这段戏好看，就没和你妈一

15

起去菜园了。"

母亲回来了,父亲不顾我阻拦,到镇上去买菜。我和母亲谈心,才知道父亲并不是电话里所说的那样:父亲本来就不喜欢看电视,何况电视又只能收一个台,还广告多,雪花点多。父亲喜欢听庐剧,母亲买的十多张光盘都被他看得没遍数了。只有一次,父亲被母亲硬拉去看麻将,但不到半小时,就死活不看了。母亲还告诉我,这么多年,父亲早养成了早起后到村部开喇叭、抹桌扫地的习惯,但现在不去了,怕有人笑话,起床后就坐在家里抽烟。

我还得知,几个月前,父亲的肝部很不舒服,母亲吓坏了,怕是那种不好的病,就要告诉我,但父亲不同意,说:"小毛病,犯不着让他分心。真要是那种病,他回来也没用。"后来到城里检查,结果虽是虚惊一场,但还是吃了不少药,受了不少苦。

我算了算,父亲生病那段时间我打过多次电话的,每次都再三问他们的身体情况,但父亲总是说:"家里都好着,身体更好着。"然后就笑着说什么"打麻将赢得多输得少啦""棉花卖了好价钱啦""老母猪产了十一只猪崽啦",等等。最后嘱咐我"安心工作,家里的事别烦神"。

父亲买菜回来了,他一看我的神情就知道自己露馅了,于是很不自在地坐一旁抽烟。

母亲将一大碗蛋炒饭端来,我划了几口就吃不下,就要找猪食桶,可找不到。到猪圈边一看,猪圈里干净得连一根猪毛也没有(3个月前,连母猪都死了)。我问父亲:"前天你打电话不是还说11头猪崽都长到二三十斤,能卖3000块钱的吗?"

父亲吐口烟,说:"怕你烦神。"

我埋怨父亲:"每次打电话,好的事,针尖儿大都夸成牛大,不好的事,总是藏着掖着。"

父亲一拍大腿:"对!你这话说得对!都说我当了这些年干部没啥'官气儿',对上级从来都是有一说一,不会夸大,更不会报喜不报忧。你看,我现在不是既学会了夸大也学会了报喜不报忧嘛。"父亲说着就"哈哈"大笑起来。

我也笑了,却笑出了眼泪。

找不到妈妈的夜

那天夜里,我醒来时,白花花的月光正照在屋子里,我没有看到身旁的妈妈。我不由得喃喃地叫几声妈妈,没有回音,只有风吹墙上破旧年画的窸窣声。恐惧突然袭击了我。我站在床上,哇哇大哭。妈妈,你在哪里?

妈妈是去医院了吗?妈妈的肚子从前天就开始疼了。前天妈妈和爸爸吵架,吵到后来,妈妈捂着肚子哭。我拉着妈妈的手,问妈妈怎么了,是肚子疼吗?妈妈一掌推开我(妈妈平时从来不这样对我,但只要与爸爸吵架就对我不好),说不要你管,我死了你就有小妈妈了,你老子就高兴了。我吓得大哭,求爸爸别吵了,说妈妈肚子都快疼死了。爸爸却瞪着眼说疼死好,她不死我迟早也得被气死。我不知道爸爸老是气妈妈什么,也不知道妈妈老是吵爸爸什么。现在,妈妈一定是肚子疼得受不了去医院了。

医院很远,路上有坏人打妈妈吗?有大狼吃妈妈吗?

突然一声狗叫,吓得我一屁股坐到床上。我停住哭,跑下床,从门缝往外看,希望是妈妈回来了。可一个人也没有,只有该死的小强家的狗在乱叫。自从小强妈妈跟小裁缝跑了后,那狗总是夜里乱叫,叫魂一样地叫。

天啊,莫非妈妈像小强妈妈那样也跟人跑了?前天吵架时妈妈就有跟人跑的意思了,她对爸爸说,跟了你真是倒了八辈子霉,我再也过不下这种日子了。可恶的爸爸竟然说,那你也学秀花(小强妈)跟人跑啊,你看着哪家好你就跟谁跑啊。

妈妈肯定是不会跟小裁缝跑的。妈妈会跟谁跑呢?我哭着想。

你是春风雪中来

小木匠？小木匠能打漂亮的凳子、箱子，我亲耳听妈妈说过小木匠打的东西真漂亮。妈妈喜欢小木匠打的东西，一定跟他跑了。可妈妈也说过小木匠太脏，老远都能闻到他的汗臭。妈妈那么爱干净，不可能跟小木匠那么脏的人跑的。

跟说书先生跑了？说书先生讲话有水平，白天总捧着一本厚厚的书在队长家院里看。妈妈对我说过，以后要好好念书，像说书先生那样，认很多字，读很多书。透过门缝，不远处的田野上有几道手电筒的光划过，是妈妈跟说书先生在跑吗？不是的，说书先生是个瘸子，走起路来就抖啊抖的，而那光不那样抖……

我将妈妈可能跟跑的人一个个在脑海里放电影一样地放过。每出现一个人，我的心都一阵揪疼，伴随疼的是一阵阵塌了天一般的绝望地哭。

月亮挂在了窗前的树枝上，风已停，远处青蛙的呱呱声清晰地传来。尿不知何时湿了两腿，肚子也凉凉地疼起来，可我还是不敢上床。我想出去寻找妈妈，但不敢。

小飞妈一出现在脑海中，我的恐惧就更大了。小飞妈因为和小飞爸爸吵架，上吊死的，就在他家的牛棚里吊死的。前天妈妈吵架时也说到死的，她对爸爸说，你是想叫我和翠兰（小飞妈）一样，死了你就高兴了吧？可恨的爸爸竟然一点都不伤心，竟然不劝妈妈别死。难道妈妈真的学小飞妈的样子，也到牛棚里上吊了？

妈啊，我才7岁，你不能死！

我顾不上害怕了，我得赶紧到牛棚里去救妈妈。可是，门被从外面锁上了。我哭着，叫着，端着凳子，跑到窗前，站上，踮脚，双手紧抓窗棂，向牛棚看去。月亮不知何时落下了，院子里一片黑暗，我什么也看不到，我只能张着嘴巴哭着叫着……

一束手电筒的光从远而近，渐渐地，我看到是两个人。我知道那里面肯定没有妈妈，更不是妈妈和爸爸——我确信妈妈再不会回来了。

然而意外的是，灯光竟然到了我家的院子，竟然就是妈妈和爸爸。妈妈和爸爸都扛着一把铁锹，并肩走着，还低声说笑着。我高兴极了，妈妈不是肚子疼,也没有跟别人跑,更没有上吊,妈妈和爸爸已经和好了,不吵架了。我来不及叫妈妈,就笑着伏在窗台上睡了。

——那是插秧的季节,那天轮到我家放水灌田,父亲一个人在田里忙不过来,母亲在我睡着后就锁上门去帮父亲了。

一个人的镇长

天寒地冻,空气也仿佛凝固了。

吉普车还没有停稳,刘力就跳下车向家跑去,边跑边"小兰、小兰"地大叫着。没有人应答。刘力推开虚掩的门,再叫,还是没有应答声。刘力走进卧室,小兰不在。又到厨房,还不在。一看水缸是空的,水桶也不见了,刘力撒腿向弯塘嘴的水井跑去。

小兰坐在离水井百米远的地上,木桶倾覆一旁,流出的水已经结冰。小兰脸色苍白,清白鼻涕挂到了嘴角,双手痛苦地搓揉着膝部,裤管也湿了,还徐徐地冒着水汽。看到刘力跑来,小兰咬着牙试图站起来,但没有成功。刘力上前,一把抱起抖作一团的小兰。

将小兰抱回家,刘力才知道,小兰这几天的类风湿病发得厉害,昨天晚上家里就没水了,到现在还饿着肚子。

刘力挑来水,刚准备给小兰做饭,秘书跑来说:"刘镇长,县计生检查组到了,让你快去。"刘力皱了皱眉,不说话。

"你去吧,饭我自己做。"刚刚缓过劲的小兰说,"快去,工作是正事……"

一整天,刘力都不得不陪着检查组,直到晚上才脱了身。一到家,刘力就给小兰做饭、洗脚,然后蹲在床边给小兰按摩。小兰看着疲惫的丈夫,刘力看着痛苦的妻子,两个人谁也不说话。终于,刘力打破了沉默:"小兰,我决定了,辞职。"

"什么?你说什么?"小兰吃惊地问。

刘力抬起头,异常平静地说:"辞职,我明天就辞职!"

"你……你傻啊?"小兰委屈地说,"为了这个镇长,你19岁开始,如今10年了,10年里你不分白天黑夜,风里来雨里去,跑村下队,你……你容易吗?"

"你更不容易!"刘力看着小兰说,"结婚时我就保证过,不让你吃苦。可现在的现实是,我要么做个不负责任的镇长,要么做个不负责任的丈夫。可是,这两个不负责任,我一个也不能接受。我明白,当镇长,除了我,合适的人多,比我有能力的人也有的是;而做你丈夫的,只有我一个!"

"使不得啊大力,你是全县最年轻的镇长,领导们都赏识你,你前途无量啊。"小兰哭着说,"何况,做一个好干部,改变家乡贫穷的面貌,是你从小的理想啊!"

"不让你吃苦,也是我的理想!更是我的责任!"刘力坚决地说,"其实,在你上次抱柴火摔倒的时候,我就有了这个想法,我考虑成熟了……"

第二天,刘力不顾小兰的劝阻,毅然辞了镇长,只保留了一个闲职。

此后,刘力每天早早起床,挑水,洗衣,做饭,再协助小兰起床,搀扶小兰散步,陪小兰说话,给小兰按摩……听人说鲫鱼汤对治疗类风湿有帮助,刘力就经常到河里钓鱼,回来后用瓦罐慢慢熬,再捧给小兰。

小兰虽然有刘力的精心照料,但因为经济困难,病没有得到应有的治疗,加之她总是偷偷减少药量以节省开支,所以病情越来越严重,直至不能行走。刘力安慰小兰:"你放心,治不好你的病,我就做你的腿!"

刘力辞职之初,熟人见到他还叫他"刘镇长",但渐渐地,就叫他老刘了——虽然他才30岁。刘力不论别人怎么叫,都乐呵呵地应答。

小兰的心里不是滋味。那天,小兰突然一改叫了多年的"大力",改为"刘镇长"。

刘力一愣后,笑着说:"我都忘了我还当过镇长呢。"

小兰的眼睛红了,认真地说:"你还是镇长,是我一个人的镇长……"

"能做你的镇长,是我的福气。"刘力一边擦着小兰的眼泪,一边轻轻地说,"我一定要做好这个镇长!"

如今,20年过去了,刘力的头发也花白了,和他同时为官的,甚至他当年的部下,有的都做了县长、市长。唯独刘力,还做着小兰一个人的"镇长"。不论白天黑夜,只要小兰"刘镇长"一叫,刘力就在响亮应答的同时,屁颠屁颠地跑到了跟前。

杀 鹅

刚刚还晴空万里,突然就乌云密布,狂风肆虐。奶奶说:"快回家关门窗,今天小乌龙探母。"我问什么是小乌龙探母。奶奶说:"小乌龙犯了天条,被玉帝杀了,他妈妈就天天哭。玉帝感动了,让神仙救活小乌龙。可小乌龙刚活过来,妈妈就因伤心过度死了。后来,小乌龙就在每年五月二十五妈妈的忌日这一天去探母。每次探母,他都飞奔着,泪流着,所以风大雨大。"

奶奶说着,我们就到了小林家院外。忽然,一阵狂风。"坏了,小乌龙来了……"奶奶话音未落,小林家屋顶的草就被"呼"一声卷向了空中。

"小乌龙啊,你瞎了眼,你怎么卷了她家的房子啊……"奶奶边叫边跑向小林家院子。

小林妈正双手扶着门,颤巍巍地往外走。奶奶一把扶住她:"桂花,你别动!"

小林妈的头耷拉在奶奶怀里,喘着粗气,泪水哗哗流着:"婶啊,我做了什么恶事吗?往后,我和小林住哪里啊?"

"桂花你放心,有大伙在,就有你娘俩住的地方。"奶奶搀着小林妈来到院里的牛棚里。

雨,噼噼啪啪地下着。

奶奶站在院门口,大叫:"桂花家房子被小乌龙抓了!"

很快,男男女女都跑来了。男人们有的扛来梯子,有的抱来稻草。女人们有的到屋里抢搬衣被、粮食,有的安抚着小林妈。

雨稍微小了一些,男人们就爬上屋顶修房子。小林妈坐在小板凳上,要我把院子里那只正领着几只小鹅的母鹅抓给她。我照做。她接过鹅,一手揽着鹅身,一手捉着鹅头轻轻摩挲着自己的脸。好一会儿,小林妈喊来我奶奶,说:"婶,你把它杀了吧。"

奶奶大惊:"桂花,你糊涂了吗?你就这一只鹅,小鹅还靠它带呢。"

"婶,大伙儿给我修房子,还自己带草来,我过意不去啊。"小林妈喘着粗气说,"婶啊,以后小林就靠大家了,就当我提前感谢大家吧……"

奶奶想了想,噙着泪点了点头,拿出一个碗,放了水和盐,拿起菜刀……

约莫半分钟,奶奶叫我把放了血的鹅翅膀编起来,就到厨房里烧水。小林从外面跑回来,他先是惊喜地叫一句:"我家杀鹅啦!"接着抓住我的手说,"别编,让它跑,让它挣命,才好玩呢。"小林说着就把鹅从我手里放了出去。

那只鹅果然如小林所说,一放下就站了起来,昂头四下张望,双脚沉重地迈着。几只小鹅正躲在墙角处,一看母亲回来了,就"嘎嘎"叫着跑过来。母鹅迎向小鹅,叫着——但没有声音,只有刀口处鼓出一团团血泡。小鹅们一定不知道发生了什么,和平常一样,围在母亲身旁。一只小鹅衔着一片白菜叶,努力甩着头想将其撕碎吞下,但都失败了。母鹅见了,刚抬起一只脚要迈过去,却浑身一抖,于是赶紧收脚站住。小鹅将菜叶衔到母鹅跟前求助,母鹅颤巍巍地想低下头,却一头栽倒。

小林高兴起来了:"它马上就要挣命了,能蹦得老高呢。"

雨又下了起来,雨点很大,砸在地上啪啪作响。小鹅们纷纷挤向母鹅。母鹅伏在地上,耷拉着头,喙尖点地,努力展开两只翅膀。小鹅们嘎嘎叫着躲进母鹅的翅膀里。雨点越来越大,有一只小鹅却怎么也钻不进母鹅翅膀里,只焦急地叫着——母鹅无法将翅膀自如展开了。

或许是小鹅的叫声唤醒了母鹅,它努力睁开眼,艰难地抬起头,伸着长长的脖子,慢慢地,慢镜头一般,将那只六神无主的小鹅揽到翅膀下。然后,头耷拉在翅膀上,不动了……

好一会儿,小林疑惑地说:"咦?它怎么还不挣命呀?"又一会儿,小林忍不住抓起鹅头,这才发现它早已死了。小林摇摇头:"真奇怪,看它,一点儿也不像死的样子……"

小林妈不知何时走了过来,颤巍巍地坐下,一手抱住母鹅,一手揽着小林,哭了……

夜里,小林妈死了,癌症。

第二天,我问奶奶:"昨天,小林妈为什么抱着小林和母鹅哭?"

奶奶叹着气说:"都是娘啊。"见我疑惑,奶奶又说,"神仙如小乌龙的娘,因儿子伤心而死;畜生如那只鹅,临死也要给小鹅遮风挡雨;人呢?你看小林妈,死前,处处不放心的,都是小林啊……"

第二辑 / **复苏的母性**

不放弃的鹅

读初三那年暑假的一天中午,母亲叫我去喂鹅。

我端着一盆稻谷来到鹅笼边,将鹅群放出来,又将稻谷倒在一棵大树下,然后坐到另一棵树下,等着它们吃完后再关进笼。

天很热,鹅们虽然很饿,但更渴,因此只狼吞虎咽了几口就开始三三两两地向百米外的池塘跑去。很快,刚刚还喧闹的大树下,只剩下一只身体比其他鹅都要瘦小的灰尾巴鹅在急慌慌地吃着。我这才想起,刚才别的鹅都在埋头吃食时,就这只"灰尾巴"不太认真:左挤挤这个,右摆摆那个,头还不断地推着别的鹅——似乎在它看来这稻谷是它一个的,别的鹅都不应该吃。现在,别的鹅都走了,它才安静地开始吃起来。

天实在太热,"灰尾巴"还没吃上几口就受不住了,赶紧啄上一口稻谷,一边往池塘走,一边眼睛往后瞥着稻谷和我——那样子,仿佛我会抢食它的稻谷。

我自然不会抢食,但抢食者还真的就有——"灰尾巴"才走出二三十米,不知从哪里跑出几只鸡,贼一般地啄食起稻谷。"灰尾巴"见了,嘎的一声叫,就伸直它的长脖子回来驱赶。鸡显然不是鹅的对手,"灰尾巴"的长脖子还没到,几只鸡就"咯咯咯"地跑开了。"灰尾巴"没有追赶,只昂首挺胸地围着地上的稻谷兜了一个圈子,再啄一口稻谷,然后一边梗着脖子吞咽,一边慌忙地向池塘走去,但眼睛依然向身后瞥着。

"灰尾巴"一走开,那几只鸡又跑了过来。"灰尾巴"立即掉过头,"嘎嘎嘎"大叫着又来驱赶。可不待它来到近旁,鸡们又跑开了。"灰尾巴"仿佛有些生气,伸着长脖子将那只最后跑开的鸡追赶了几米,然后回到稻谷边,像上次一样,耀武扬威地绕上一圈,又啄一口稻谷就向池塘跑去。

空气中没有一丝风,仿佛随时都能燃烧起来。"灰尾巴"太热太渴了,一边跑一边哽着长长的脖子,吞咽了好几次才将嘴里的稻谷咽进嗉囊里——它大概连润喉的涎水都没有了吧。可是它还是警惕地瞥着身后。

去喝水的鹅有的开始往回走了,"灰尾巴"似乎更焦急了,然而那几只强盗一般的鸡又来了。"灰尾巴"本能地掉过头,但没有立即来追赶,而是站在那里,高昂着头,大叫着,那意思分明是在警告那几只鸡。只是那几只鸡对此置若罔闻,不仅啄食着稻谷,还用爪子肆无忌惮地抓刨起来。"灰尾巴"看不下去了,气喘吁吁地又追了过来。

"灰尾巴"这次真的生气了,跟着一只鸡追了很远,直到那只鸡飞上一个墙头,它才不得不干叫了几声,垂头丧气地跑回来。这次,"灰尾巴"没有绕着稻谷兜圈子,也没有再啄一口稻谷,而是急切地向池塘跑去。

"灰尾巴"刚跑出几步,就遇上一只喝水回来的鹅。那只鹅绕过"灰尾巴",径直跑到大树下,大口大口地吃起来。"灰尾巴"瞥见了,似乎很不服气,也跑回来吃。

当"灰尾巴"将一口稻谷吞了好几次也吞不下的时候,就含着稻谷来阻挡那只鹅。可是任凭它怎么努力,那只鹅都照吃不误——"灰尾巴"的身体本来就最小,现在又如此饥渴劳累,当然阻挡不了了。"灰尾巴"急得"嘎嘎嘎"乱叫——它的叫声已微弱了许多。更要命的是,其他鹅也陆续回来了,"灰尾巴"叫着,左边挡这只,右边阻那只……

树上的知了在歇斯底里地叫着,"灰尾巴"也在歇斯底里地努力着。

终于,其他鹅吃光了稻谷,一窝蜂地又向池塘跑去。"灰尾巴"筋疲力尽地在一片狼藉的地上左看右看,当它再也找不到一粒稻谷的时候,才不情愿地蹒跚地向池塘走去。

母亲来的时候,我正在看着走两步就停三步的"灰尾巴"笑着。母亲也笑了,说我不该眼睁睁地让"灰尾巴"弄到这种地步,"这只鹅最贪最下贱,总是把自己折腾成这样子。不然,别的鹅都那么大了,它怎么还这么瘦小呢。"

母亲说着就走过去，抱起已经瘫在地上的"灰尾巴"，走向池塘……

麋鹿安亚尔

生活在美国黄石国家公园的众多野生动物中，有灰狼和麋鹿这对冤家对头。

之所以说它们是冤家对头，是因为麋鹿不仅是灰狼的天然美味，有时也是灰狼生命的终结者——很多灰狼在捕杀麋鹿时却死在麋鹿的角上。

安亚尔是一只未成年的雄性麋鹿，出生时它的母亲就死了，是黄石公园的志愿者将它养大的。上星期，志愿者觉得它能够独立生活了，于是将它放了出来，并有意识地让它跟着奥普——一只身材高大的成年雄性麋鹿。

这天傍晚，安亚尔和奥普在红霞铺满水面的河边吃草，一只灰狼从不远处的草丛中悄悄地向这边接近。安亚尔首先发现了敌情，它一声惊叫就撒开蹄子逃跑起来。奥普也急忙抬起头来，在作势要逃跑的同时又不由得向敌人的方向看去。当奥普看清了来犯之敌时，竟然收起逃跑的脚步，停下，继续啃草了。

灰狼发现偷袭的阴谋败露后就干脆跳了出来，堂而皇之地追赶过来。它原本要追捕安亚尔，但见到奥普停下，就转而追向奥普。可是令这只年轻的灰狼没想到的是，等它跑到奥普近前正准备扑上去的时候，一直低头啃草的奥普冷不防猛地一扬头，于是那对树枝状的角就准而狠地挑上了它的腹部。灰狼一声惨叫，奥普再猛一甩头，啪一声，灰狼被摔到了十米开外的地方。

奥普继续低头吃草。灰狼却在地上哀嚎着挣扎了几下就不动了——这只也是由人工养大的狼，不知道自己作为一只未成年狼根本就不是成年雄鹿的对手的常识，更不知道雄鹿奥普在与灰狼长期的周旋过程中早已练就了"知己知彼的能耐。

　　已经站在百米开外一个高坡上的安亚尔看到了这场短暂却惊心动魄的战斗,当它确定灰狼再不会对它构成威胁的时候,跑了回来。安亚尔首先来到灰狼旁边,昂首挺胸,跳着,叫着,再用它那还没有完全长成的角挑弄着敌人还在流血的尸体。然后,安亚尔又跑向奥普,嘴贴着奥普的嘴,发出欢快的叫声——它一定在把最美好的赞词送给它的英雄吧。

　　几天后,安亚尔和奥普在吃草时,又一只灰狼来了。安亚尔见了,虽然一开始还是本能地要逃跑,但当它看到奥普没有动的时候,也停了下来,站到奥普身后。这是一只即将成年的雄性灰狼,它在距离奥普还有三四米的地方停住了,张口大嘴,向着奥普号叫——似乎,它觉得自己不是对方的对手,希望用这种方式战胜对手。可是奥普依然漫不经心地啃着草,不时地抬头向灰狼摆动着它那对威风凛凛的树枝状的角。

　　见奥普不为所动,灰狼就要绕过奥普去猎杀安亚尔,可是任凭它怎么努力,奥普都像一座移动的山一样挡在它的面前。

　　如此僵持了近半个小时,奥普不耐烦了,抡起它的角就冲向灰狼——灰狼终于以这种不光彩的方式灰溜溜地逃跑了。

　　安亚尔对奥普更加崇拜了。

　　这天,是奥普首先发现了又一只灰狼来袭,可是它没有像前两次那样继续吃草,而是一声惊叫就撒腿逃跑,边跑还边向身旁的安亚尔发出急切的呼唤。安亚尔呢?在短暂的惊恐中跑出了几步,却突然停了下来——我们无法知道安亚尔此时的心理——难道它认为它的偶像奥普是在和它做游戏或者在教它本领吗?总之,它停了下来,像上次奥普那样,低下头继续吃草,又像奥普那样,向着飞奔而来的灰狼——一只成年大灰狼,摆动着它的角——那还没有成熟的角!

　　大灰狼不由得停下了脚步,它仿佛被安亚尔的气势镇住了。安亚尔又低头吃一口草,接着扬起它那没有成熟的角,昂首挺胸,迎上大灰狼……

　　忽然,大灰狼一声号叫,扑向安亚尔……

可怜的安亚尔,至死大概也不知道:为什么奥普可以做的事自己就不可以做呢?

雌狮吉布

烈日当空。

无边的草原上。

吉布站在一个高坡上,一动不动,静静地看着不远处姐妹们正在追逐一匹角马。吉布知道,姐妹们虽然都使出了吃奶的劲,但那匹角马太强壮,姐妹们有一无所获的危险。吉布多想参加战斗,可是自己太不争气,总是跑不了多远就气喘吁吁。

终于,姐妹们扑倒了角马。

吉布赶紧冲过去帮忙,它相信自己还不至于连这点忙都不能帮。吉布挤进那只咬着角马咽喉的姐妹身边,叫一声。这个早已筋疲力尽的姐妹一看,松开了嘴,退到一旁,大口大口地喘息起来。与此同时,吉布死死咬住角马的咽喉。

当角马猛一摆头的时候,吉布本想咬得更紧,但那曾经有着千钧之力的嘴竟然不知怎么就松开了。吉布想再咬上去,但角马就地一滚,将那些伏在身上只顾着喘息的雌狮全部掀到了一边——到嘴的美味又跑了,只因为吉布没能咬住角马的咽喉。

吉布懊恼极了。它不得不承认自己真的老了,再也不是那只曾经单枪匹马就能制服一匹健壮角马的雌狮了。吉布只得进行这一年来的第三次角色转变:彻底告别捕猎,回到那片茂密的荆棘丛,做幼狮们的专职保育员(吉布第一次角色转变是由捕猎的组织者变为参与者,第二次由参与者沦为刚才那样的观望者或偶尔的帮忙者)。

　　吉布的狮群很大,单半岁以下的幼狮就二十多只。这些小家伙们,根本就不体谅它们的母亲和阿姨们捕猎是多么辛苦。饿了,就要吃奶或吃肉;吃饱了,就调皮,甚至跑到荆棘丛外面,哪管那里常常守候着要以它们为食的鬣狗和豹子。

　　吉布的工作就是守在荆棘丛外面,随时将那些一玩起来就昏了头,就不要命的小家伙们从外面叼回来。这个工作比捕食虽然轻松不少,但很麻烦,因为总有小家伙们不断地跑出来。

　　干旱越来越严重,姐妹们捕获的食物越来越少。可是,幼狮们的胃口却越来越大,姐妹们拼命捕获的猎物,根本不够填饱它们的肚子。看着整天被饥饿折磨得"嗷嗷"叫又日渐瘦弱的幼狮,看着每天夹着干瘪肚子在草原上游荡、追击、厮杀却连续几天吃不上一口食物的姐妹,吉布的眼神一片黯淡。

　　草原到了一年中最干旱的季节。此时,生活在这里的动物,运气稍微不好就有种群灭绝的危险。几年来,单吉布亲眼所见的,这块领地上就有一个狮群和两个鬣狗家族灭绝。

　　这天,姐妹们终于捕获了一匹瘦弱的羚羊,一口也没有吃就拖了回来。幼狮们一见,"嗷嗷"叫着扑上,狼吞虎咽地撕食起来。忽然,一个姐妹急切地叫起来,边叫边拱开一只只幼狮,接着又蹲到吉布面前,焦急地大叫着——它的孩子不见了。

　　然而任凭这个姐妹怎么叫,吉布只是蹲坐在地上,一动不动,空洞的眼神茫然地看着远方。这个姐妹愤怒了,在吉布头上狠狠抓一下后,就焦急地四下寻找起来。其他姐妹也愤怒地对着吉布一通号叫,然后纷纷寻找那只丢失的幼狮……

　　第二天,又一只幼狮不见了。第三天,第四天……每天都有幼狮消失。

　　终于,姐妹们受不了了,一哄而上,将吉布掀翻在地,一顿撕咬。吉布呢,不叫,不躲,更不反击,等姐妹们停下来,才艰难地爬起来,蹲坐于地,依然用那空洞的眼神看着远方。

吉布的姐妹们当然不知道,在它们每次外出捕食时,吉布就会选择一只相对瘦弱的幼狮,陪它一阵戏耍后,再紧闭着双眼将其杀死。然后,吉布舔着干裂的嘴唇,爱抚地在幼狮的尸体上嗅了又嗅,直至唤来其他幼狮……最后,吉布将幼狮们啃剩的骨头叼进荆棘丛最深处埋葬,再回来清理现场——自始至终,吉布连幼狮的一滴血也没有舔。

姐妹们更不知道,为了种群的延续,吉布不得不这样做——这仿佛是来自造化的指令。

狼 王 之 死

太阳像火一样在草原上燃烧。

只剩下五个成员的狼群才走出四五百米,就不得不又回到那条几近干涸的河里,喝水,浸泡。但很快,饥饿又将它们赶上了岸。

这个旱季太长太残酷,别说角马、瞪羚,就连一只兔子、老鼠也多日不见踪影了。

群狼夹着纸一般的肚皮,踉跄着,踟蹰着,张望着,再没有了往日的凛凛威风。四下一片死寂,连一片草叶的颤动也没有。

半小时后,群狼走出了两三百米,狼王轻轻"嗷"一声,它在提醒伙伴:不能再走了,快回河里吧。然而就在它们要转身回走时,狼王又一声叫,极低,却惊喜。与此同时,所有的狼也仿佛捕捉到了什么信息,几乎同时伏下身子,睁圆了眼,向同一方个向看去——食物的信息宛若一针兴奋剂,使它们立即与刚才判若两"狼"。

前方二三十米处,一只瘦弱的瞪羚正在蹒跚地向这边走来——饥渴、疲乏似乎让它神志不清，它只感知到不远处的前方有水，却完全疏忽了咫尺的前方有猎食者。

在狼王的指挥下，群狼匍匐着，呈扇形散开。

瞪羚终于发现了危险，一声惊叫，掉头就跑。群狼也一声嗷叫，跃起追赶。瞪羚是草原的奔跑冠军，可狼的速度也总是猎物们的噩梦。逃生的欲望让瞪羚一扫刚才的颓相，求生的欲望让狼宛如有了神助之力……

瞬间，草原活了。

狼是著名的毅力主义者，不达目的决不罢休——十几分钟后，瞪羚倒下了。

狼又是凶残主义者，不待瞪羚闭上眼，就撕开了它的皮肉。

太阳比狼更凶残，不仅早将群狼身上的泥水烤干，而且眼看又要将它们的皮毛燃着。群狼才各自撕下一块肉，狼王就发出了一声叫，于是它们丢下瞪羚，边吞吃叼着的肉边向河边走去——狼还是明智的，知道此时不能恋食，否则即使能吃饱，也会热死在这里。

一群兀鹫，至少二十只，不知何时也得到了食讯，已虎视眈眈地立在了一旁。群狼刚离开，兀鹫们就迫不及待地围上来，尖利的喙猛啄瞪羚肉，再狼吞虎咽。群狼急忙回过头，驱赶兀鹫——这些肉根本就不够填饱狼群的肚子，哪还能让别人分享？兀鹫闪开。群狼再次要离开，可还没走出几步，兀鹫又冲向食物……

如此几次，群狼受不住了。刚才追杀瞪羚几乎耗尽了它们所有的力气，更使它们的体温达到了极限。现在，它们刻不容缓的问题是到水里降体温。但它们还是做了最后一次努力：咬住瞪羚的四肢，向河边拖去，可还没拖出几步就放弃了——它们筋疲力尽了。

难道真的要放弃这个种族赖以延续的唯一的希望吗？

群狼你看看我，我看看你，又看了看面前的兀鹫和食物。

太阳正歇斯底里地爆发着。它们再不能耗下去了。

狼王的目光扫过一个个伙伴，发出几声低沉的叫，然后慢慢走到瞪羚旁边。伙伴们不动，只报以一声叫。狼王怒目而视，再一声大叫。伙伴们终于向河边走去——这是狼王的命令。

现在,只剩下狼王了。兀鹫们又一次冲上来——它们仿佛觉得自己能够对付这只狼。伙伴们赶紧驻足,回头观望。狼王又一声叫,伙伴们只得继续向河边走去。狼王站到瞪羚身上,直视着面前的一只只兀鹫。兀鹫们"呱呱"叫着,无法得嘴。

兀鹫们不放弃,轮流上阵——它们分成两队,一队飞去喝水,另一队继续纠缠着狼王……它们要拖垮狼王。

狼王仿佛明白了兀鹫们的险恶用心,更明白自己终将不是它们的对手,竟咬住瞪羚的脖子要叼走,可还没走出一步,四肢就一阵战栗,噗的一声栽倒了。几次努力后,它又站了起来,咬住瞪羚的一条后腿想拖走,可还是失败了。它再咬,再拖,再失败……终于,咚的一声,狼王倒在了瞪羚身上,不动了。

好一会儿,兀鹫们才意识到又多了一道美食,可就在它们要一哄而上时,狼王的伙伴们回来了——它们的体力明显恢复了不少。

——用自己的生命,狼王换得了种族的延续。

猎豹妈妈的错误

秋后的草原,忽然狂风吹起,成群结队的食草动物仿佛一下子遁入地下。冬与夏,难道就这样毫无衔接地过渡?

猎豹艾莉似乎就是这么想的,它一系列的错误也正是从这个错误的判断开始的。这也难怪,因为草原的天气实在变幻莫测,何况是一只整日为孩子们提心吊胆、经验并不丰富的猎豹妈妈。艾莉来到三只嬉闹的小豹旁,一番"咕噜",小豹们静下来,随它走向一片丛林。

艾莉需要抓紧时间捕食，为孩子们储存过冬的食物——对于第一次做母亲的艾莉来说，这一点，令人尊敬。

好不容易，艾莉发现了一匹落群的小角马，于是立即潜伏到草木中，向小角马接近。它的孩子们，亦步亦趋地跟着。

再有七八米，艾莉就可以出击了。但是，它的一个孩子，不知道是得到了什么错误的信息还是为了逞能，跳了出来。小角马撒腿就跑。艾莉的第二个错误发生了：对猎豹来说，这个距离不适合追击，但艾莉还是追了上去——它是不敢丧失这个来之不易的为孩子们储藏过冬能量的机会吗？

虽然出击过早，但猎豹无愧陆上"速度之王"，只短短一两分钟，艾莉与小角马的距离就只有五六米了。毫无疑问，如果不是那只冒失的小豹，这匹小角马的咽喉此时一定被艾莉紧紧地咬住。

"速度之王"的猎豹又有个致命的弱点：奔跑的耐力十分有限——造物主的确是公平的，如果不给猎豹这个弱点，很多食草动物就彻底丧失了活路。艾莉和小角马的距离在逐渐拉开，这时候，艾莉应该果断停止追击。但或许是深知这匹小角马对孩子们的意义吧，艾莉忍受着正在急剧上升的体温，拼命追击——这是它犯下的第三个错误。

小角马钻进一片丛林，不见了。艾莉瘫软在地上，大口喘息。它意识到自己的错误了吗？

狂风还在继续，草原仿佛枯黄了。冬天莫非真的来了？

猎豹艾莉一定是这么想的！因为虽然它的体温还很高、体力还没有恢复到再一次追击的水平，但它还是带着孩子们再次寻找猎物了。对此，我们应该这样理解：它是一位有着强烈的忧患意识，希望孩子们早日成为出色猎手的爱子心切的母亲。但是它实在心太急，因为刚才的事实已经证明，它的孩子们还太小，不仅不能给它的捕猎以任何帮助，而且会给它制造意想不到的麻烦。但艾莉确实这样做了——很快，我们将知道这是它的第四个错误。

艾莉发现了一匹小斑马。这一次，孩子们都学乖了，直到母亲跃起它们才跑上去。或许是母爱的作用吧，尚未恢复体力的艾莉速度还是那么快。50米后，艾莉的前爪就触到了小斑马的屁股。再有几秒钟,艾莉必将扑倒小斑马。可就在这时,它的一个孩子,一个急于为母亲排忧解难的孩子,迎着小斑马冲上去——可爱的小猎豹哪里知道,这是猎豹捕猎的大忌,因为猎豹最怕撞击!眼看小斑马就撞上了小豹,艾莉纵身一跃,落在小豹身前。与此同时,小斑马不受控制地撞了上来。艾莉被撞出了几米远,滚在地上……

两天过去了,冬天并没有来,食草动物又遍布了草原。

艾莉应该感谢上帝,因为两天前小斑马的撞击并没有给它造成致命的伤,它的身体已有所恢复,但此时绝不能捕猎。可是,它的孩子们,忍不住饥饿的痛苦,围着它,哀叫着。

母爱,终于促使艾莉犯下第五个错误,也是它一生中的最后一个错误。

艾莉向一只年老体衰的雄羚羊发起了进攻。事实证明,艾莉选择这只羚羊没有错,因为它很快就扑上羚羊,并咬住它的颈椎。老羚羊没有倒下,带着艾莉在原地打转。艾莉需要尽快咬住猎物的咽喉,这一点本来对于它并不难,但伤病让它此时难以做到。艾莉被老羚羊带着转了十几圈后,松开嘴欲咬向它的咽喉,但是,它的体力实在不允许它这么做——老羚羊猛一低头,利角一挑。艾莉无力躲闪,腹部被挑穿了……

艾莉一定意识到自己的错误了吧,但是,大自然从不给它改正错误的机会,哪怕是一个爱子心切的母亲!

一天后,艾莉死了,它的三个孩子也于当夜成了鬣狗的美餐。

公 豺 黑 背

丛林里,春意正浓。

河里,流水哗哗,溅腾起一朵朵雪白的浪花。公豺黑背蹲坐河岸,面前,它的三只幼崽在阳光下毫无章法地嬉闹。小家伙们时而卿卿我我,时而相互追逐,时而两个打一个或三个打作一团。打得凶了,黑背就跑上去拱开它们,再一番张牙舞爪,嘀嘀咕咕——它在告诫它们不可忘却手足之情。小家伙们却毫不理睬,蹿上去撕咬黑背。黑背作势要跑,小家伙们紧跟而上。黑背就势一滚,小家伙们于是骨碌碌跌滚一团……

母豺回来了,小家伙们立即放开父亲,奔向母亲和它带回的食物。微风煦日,黑背眯缝着眼,看着狼吞虎咽的孩子们,似乎比它们更加受用。

忽然,几声变味的豺叫声传来,黑背触电般跃起。对岸,一只豺,毛发肮脏凌乱,头脸处伤痕累累,血迹遍布,一边向着这边狂叫,一边又急躁而凶狠地抓搔着自己的头脸——这是一只患了狂犬病的豺。狂犬病是一种能将犬科动物成群地灭绝的严重传染病。再健康的豺,只要碰到病豺舔过的草木、喝过的河水、走过的路,就会被感染。任何豺,一旦染病,就会凶残地进攻一切动物,哪怕自己的同伴和幼崽,直至体力耗尽,痛苦死去。

母豺也发现了病豺,立即跑向黑背。黑背赶紧调头吼向母豺,仿佛在警告它不要靠近。母豺不听,与黑背并排着向对岸的病豺吼叫。三只幼崽不知道发生了什么,也走过来。黑背飞一般奔过去,挡住它们的路。幼崽们误以为父亲又要与它们做游戏,一哄而上,咬着黑背的耳朵、尾巴和腿脚,在地上翻滚。黑背大叫着,头拱腿踢,将幼崽们赶向丛林。

黑背又急忙跑回河边,正要将母豹驱向幼崽时,对岸的病豹却要下河渡向这边。母豹大叫着就要下河阻止,黑背却粗暴地阻止着它。母豹不从,反要将黑背驱向幼崽……

或许是哗哗的河水将理智尚未完全泯灭的病豹吓住了吧,它并没有下河,而是继续站在岸上向这边狂叫。黑背和母豹还在僵持着,它们谁也不愿离开这个危险的地方。三只幼崽似乎感觉到了异样,胆怯地走来,簇拥着它们的母亲,恐惧地叫着。

黑背伸出舌头,一个个舔过幼崽们的身体,又用头抵了抵母豹的头,"咕噜噜"叫着——难道它已做好了赴死的准备而在向妻儿做最后的交代和告别吗?

那边,病豹又一番凶暴地抓搔自己的头脸后,猛然蹿进河里。母豹一看,就要推开幼崽冲上去,可黑背已早于它跳下了河。

黑背拼命地扑向疯狂游窜而来的病豹——本能告诉它,病豹每离它的妻儿近一步,妻儿就多一分危险。两只豹在河中央相遇,病豹虽然毫无理智、异常凶残,但毕竟体力消耗殆尽,很快便被黑背骑在身上,摁进水里……

好一会儿,病豹死了,黑背放开它,来不及喘息就急切地向岸边游去。岸上,母豹和幼崽们已站成一排,仿佛在迎接凯旋的英雄。

就要游到岸边了,黑背却突然停住,身子随之剧烈地颤抖起来。母豹赶紧伸出一只前腿去接应它,它却一边低头大叫一边快速后退。退到河中央,黑背停下来,目光扫过岸上的一个个幼崽和母豹,又发出几声沉闷而凄凉的叫声,转头向对岸游去。

隔河相望,黑背紧盯着它的幼崽,又不停地向母豹叫着。很多次,母豹都要跳下河,但都被它撕心裂肺的号叫阻止。一天,两天,黑背的嗓子嘶哑了。

第三天傍晚,在黑背几乎用尽所有力气一声狂吼后,母豹带着幼崽们一步三回头地离开了河岸,向着丛林深处走去。

第四天早晨,当太阳升起的时候,黑背一改这几天的愁容和颓相,突然兴奋起来。一阵疯跑后,黑背焦躁地抓搔起自己的头脸,头脸上立即血肉模糊——黑背染上了狂犬病!

黑背跳进河里,蹿上对岸,不论是大象、狮子、野牛还是它的同类,它都疯狂地蹿上去撕咬——它的身上很快又多出了其他动物留给它的伤痕。它还不时地撞向一棵棵树,昏厥后苏醒,苏醒了再胡乱地撕啃树皮……

太阳偏西的时候,黑背撞向一棵树后再没有醒来,它死了,它再也听不到它的妻儿们正在远离它的安全地带凄凉地呼唤它。

复苏的母性

猎豹莉娜又一次做上了母亲。

回想莉娜这三年多的经历,能有今天,实属不易:两年多前,莉娜8个月大的时候,它的母亲在一次捕猎中受伤,并于当晚被一群鬣狗瓜分。当时,莉娜姐弟四个,才刚刚换牙,还没有学得必要的捕猎技巧。于是不到一周,莉娜的弟弟妹妹们就陆续成了鬣狗的美餐。唯独莉娜,凭着机灵,无数次从鬣狗的尖牙利爪中逃脱,靠草鼠、蜥蜴为食,活了下来——这委实是一个奇迹。两岁半时,莉娜生下第一窝三只幼崽,但半个月后幼崽就被鬣狗捕食了。这是再正常不过的事:野生小豹的成活率从来都不到10%。后来,莉娜又第二次、第三次做母亲,但同样都在一个月内失去孩子。

这一次,是莉娜第四次做母亲,虽然只生了一只小豹。

莉娜从前几次的丧子经历中获取了经验教训,它把家选在一片荆棘丛生的树洞里,除了捕食,寸步不离。但三个月后,厄运还是降临了:那群鬣狗又盯上了小豹。鬣狗是著名的残忍主义者,奉行的是强盗逻辑和冷血政策——它们一哄而上,从莉娜身下抢走小豹,当着莉娜的面,将唧唧叫、四肢踢蹬的小豹撕碎,吞下。

面对此情此景，作为母亲的莉娜，它的心情，我们就不去揣测了吧！

莉娜开始报复鬣狗。

莉娜最初的复仇毫无理智，近乎疯狂：冲进鬣狗群，见谁咬谁。但它的体力连单个的鬣狗都不如，所以总是得不偿失，甚至几次差点丧命。莉娜改变了策略：跟踪鬣狗群，寻找它们的栖息地——莉娜是想以牙还牙，报复鬣狗的幼崽吗？

莉娜终于找到了鬣狗幼崽藏身的洞穴，但是，残忍如鬣狗者，对自己的孩子也同样慈爱有加——造化万岁，她赋予一切动物与生俱来的至深至伟的母爱，要不然，这个星球早已死气沉沉，单调乏味，更别说人类的生生不息了！莉娜多次偷袭或强攻鬣狗洞穴，都被守护洞穴的鬣狗击退。莉娜不放弃，徘徊在鬣狗洞穴的四周，抓住一切机会进攻。

鬣狗们终于妥协，转移幼崽——不知道它们此时是否为自己曾经的罪恶而后悔。然而莉娜很快又找上门来。鬣狗们只得又一次转移，但莉娜鬼魅一般，如影随形。

这天，莉娜的机会终于来了：一只调皮的小鬣狗，被一只蜥蜴所诱惑，不知不觉跑出了很远。就在小鬣狗意识到危险却不知所措时，莉娜出现了，不费吹灰之力将其摁在爪下。

莉娜并没有立即杀死小鬣狗，而是像猫戏老鼠那样，时而撕咬几口或抓打几下，时而又放开它，等它跑出几米远再扑上去……莉娜是通过这种方式发泄它对小鬣狗家族的仇恨吗？很快，小鬣狗就伤痕累累，鲜血直流，伏地凄叫，无力逃跑。

鬣狗们找来了，可当它们一哄而上时，莉娜却叼起小鬣狗爬上了近旁的一棵大树。

面对树下拼命跳跃、撕心裂肺大叫的鬣狗们，树上的莉娜气定神闲，仿佛变态的表演者，随心所欲地蹂躏着小鬣狗。小鬣狗已完全放弃了逃生的努力——自从被带到树上，它就只有浑身瑟缩、惨叫的份了。

或许是觉得无趣了，莉娜停止了表演，侧躺在树丫上，压着小鬣狗的一只前腿,让它的身子悬在半空。小鬣狗一动不能动,只偶尔发出几声微弱的惨叫。

不知过了多长时间,小鬣狗竟然咬住莉娜的一颗乳头——它是意识不清还是"认贼作母"呢?莉娜立即大怒,吼叫着就要去撕咬小鬣狗。可怜的小鬣狗,浑然不觉,竟然贪婪地吮吸起来。然而谁也没想到,莉娜的血盆大口在小鬣狗的脖颈处慢慢停住,充满杀机的双眼也渐渐柔和起来……

约莫一分钟,莉娜仿佛完全变成了另一只猎豹:将小鬣狗从身下缓缓叼起,轻轻地放在两条后腿间,再轻轻夹住,伸出舌头,在小鬣狗身上柔柔地舔舐起来。目光里,尽是慈爱。

小鬣狗吃饱了。莉娜再一次做出了惊人的举动:轻叼着小鬣狗,慢慢爬下树,将小鬣狗还给了树下的鬣狗。

——小鬣狗无意识的举动,激活了莉娜内心深处的母性。母性,似一溪清泉,浇灭了莉娜心头如火的仇恨!

夙　敌

对于塞伦盖蒂草原的食草动物来说,鬣狗和狮子永远都是它们的梦魇。好在这两者并非铁杆盟友,厮杀,也时常在它们之间发生。

鬣狗阿尔法有一只即将成年的小鬣狗,刚刚才能协助它捕食。雌狮吉拉的崽子才半岁,完全依赖妈妈生存。不知道它们是因为犯了什么错误而被各自家族赶出来的,还是它们的家族因久旱的灾难只活下了它们。总之,这片草原上的鬣狗和狮子,就这两对母子了。也不知道从何时开始,这两对母子便处于了水火不容的境地。

那是一个酷热的午后,鬣狗阿尔法母子费了九牛二虎之力才抓了一只小角马。可是，还未等它们开吃，吉拉就领着幼狮来了。阿尔法尖叫着，想赶走吉拉，但吉拉一声咆哮，蹿上来，一头将其掀翻在地。于是，付出艰辛劳动的阿尔法母子，凄叫着，站立一旁，成了不劳而获的吉拉母子享受美餐的看客。

一周后，阿尔法母子共同追杀一匹斑马。斑马速度快，性情暴烈，母子俩追击了近半个小时，也没能抓住。到了一条河边，小鬣狗自作聪明，从侧面包抄斑马。哪知无路可逃的斑马突然转身，奔向全力冲过来的小鬣狗。小鬣狗躲闪不及，咔嚓一声，肋骨被踢断了。小鬣狗惨叫着翻滚于地。吉拉又出现了，它直接冲向小鬣狗。等阿尔法停下追击斑马奔过来的时候，吉拉已掐断了小鬣狗的颈骨。阿尔法惨叫着，眼巴巴地看着吉拉母子撕食着还在蠕动的小鬣狗。

阿尔法与吉拉有了不共戴天的仇恨。

此后，阿尔法便消失在这片草原上，吉拉也因此失去了从阿尔法手上抢夺食物的机会，它得完全靠自己捕食。可是，对雌狮来说，单个捕食谈何容易。

这天，吉拉花了半个多小时才将一只年老的角马捕住。此时，草原正开始着这个雨季的第一场雨。就在吉拉招呼幼狮过来的时候，阿尔法却带着八九只鬣狗来了——没有人知道阿尔法本来就属于这个团队的还是它新近加入了这个团队。总之，现在的阿尔法，实力远大于吉拉。吉拉感觉来者不善，带着幼狮就要跑，可迟了。鬣狗们一哄而上，阿尔法更是蹿上了吉拉的背，疯狂地撕咬着——它在发泄它内心的仇恨吗？吉拉左冲右突，好不容易才带着幼狮冲出来。

接下来的几天，草原依然浸泡在大雨中。为了摆脱阿尔法团队的追杀，吉拉只得带着幼狮来到一片它从没未涉足过的荆棘丛安家。可是，这里是眼镜蛇的地盘。吉拉还没有停下脚步，母子俩就双双受到眼镜蛇的攻击。幼狮当场死亡，吉拉则在颤巍巍地刚走出荆棘丛就瘫软于地。

大雨还在猛烈地下。吉拉应该感谢这雨，要不是这雨给它提供稀释蛇毒的充足的水，它一定逃不了死亡。吉拉酥软地伏在泥水里，只露出背脊和嘴脸。如果狮子也有人的意识，吉拉此时最怕见到的应该就是阿尔法了。但不幸的是，阿尔法和它的团队真的来了。它们从四面悄悄逼来——它们肯定不知道吉拉已经受伤。

近了，阿尔法蹿起来，尖叫着，冲向吉拉。一群鬣狗尖叫着冲上来。吉拉呢？软绵绵，无神的眼睛懒懒睁一下，又无力地闭上。它一动不动，毫不反抗。

短暂的攻击后，阿尔法觉出了异常，它后退一步，叫一声，鬣狗们于是都停止攻击。阿尔法仔细看了看吉拉，又上前用前腿拍打它，吉拉依然毫无反应。阿尔法再拍打，吉拉还是软绵绵的……

阿尔法终于确认吉拉无力搏斗了。它凄凉地叫着，低着头，泄气一般，和它的团队走了——它竟然放弃了它的宿敌，而且没有丝毫胜利者的气势。

没有人知道，在弱肉强食又充满仇恨的两个物种中，是什么使得鬣狗阿尔法最终放弃了气息奄奄的雌狮。是对弱者的怜悯，还是对昔日对手的敬畏？

同样令人纳闷的是，一周后，吉拉刚排尽体内的蛇毒，就悄悄地离开了这片草原，而且从此再未跨入过。

遭遇东北虎

娇娇是一只东北虎。半岁大的时候，盗猎分子枪杀了它的母亲，它被保护区队员解救后送进了动物园。现在，娇娇4岁了，是这家动物园的表演明星和赚钱大户。

近日，动物园一改往日把娇娇关在笼子里为游客表演的做法，而是把游客关进笼子里。这样，娇娇的表演空间大了，游客自然也就更多了。

这天傍晚，我花了一笔不少的钱，一个人走进了这个十平方米左右的铁笼子。

娇娇的职业道德很高，一见到我就立即跑过来，绕着笼子，将我好一番打量。我扑哧一笑，心想，这到底是我观虎还是虎观我？

娇娇开始表演：直立前行，倒立倒行，正反打滚，翻跟头，做鬼脸，或笑或哭……看着娇娇那认真而带献媚的样子,我心里竟然有些苦涩:昔日的百兽之王,何时就成了"艺妓"?

我拿出一只鸡腿,在娇娇面前晃来晃去。娇娇大概是饿了,一声咆哮,张开血盆大口就扑来。那种气势与刚才的表演判若两虎,吓得我赶紧扔了鸡腿。得到了鸡腿,娇娇却并不吃,而是将它叼进一只铁桶里——娇娇很听饲养员的话,绝不吃游客的东西。它那样做,只是为了取悦游客。

我又丢出一只活鸡。一见到活鸡,娇娇就猛扑过去。那只可怜的公鸡,虽然拼命飞跑,但很快就被抓住了。接着还不待我看清,娇娇就将它撕成了好几块——老虎果然嗜血成性。

血腥的场景,让我不忍心再扔另两只活鸡。见我停下来,娇娇也静静伏下,眯缝着眼,悠悠地舔着嘴角的鸡血。此时的它又极尽了温情,和刚才的凶残同样判若两虎。

天渐渐暗下来,我开始做饭,我要在这里过夜。我架锅,起火,一件件从包里翻拿食物。忽然,娇娇一声吼叫,纵身跳过来。这突如其来的气势委实吓我一惊,但我立即又笑了——娇娇是突然想起自己还有什么节目没有表演?我微笑着走过去。可娇娇不仅大叫着,还猛烈拍打着笼子。它的力气惊人,一爪子下来有上千公斤的力。看着那血盆大口、铁锤般的爪子和剧烈摇晃的笼子,我不由得害怕起来。但心里还想着这是娇娇的一个表演节目,目的是要给游人以刺激。

可是,娇娇越发暴躁和疯狂起来,铁笼子有几根钢筋都被它拍打得弯曲了。再看它那双眼:圆瞪,焦躁,凶恶。我这才相信,它不是在表演,是动了真格。我不知道我到底做错了什么,竟然刺激了它,激发了它的本性。

我赶紧丢鸡腿,丢活鸡,丢一切它可以吃的东西,但它看也不看一眼。我拿出手机准备给园方打电话,但在它的又一次猛扑时,我竟然恐惧得将手机当成了别的什么东西而扔了出去。我与外界失去了联系。

铁笼子有几处焊接口已被打断了,娇娇很快就能进来了。完了,野兽的本性是不会变的,难道我要命丧虎口?

娇娇开始向笼子顶爬去,但因为它没有攀爬的天赋,每爬上一米多高的时候就摔了下来。它的腹部已被钢筋划出了几道口子,鲜血直淋,但它毫不在意,再爬,再摔……我早已六神无主,胡乱地抱着一个布玩具蹲在地上,浑身颤抖。

娇娇放弃了爬笼子顶的努力,继续猛拍笼子。又有几个焊接口被打断了,它的头已经能钻进来了。它又加大了拍打的频率和力度,双目紧紧地盯着我,对着我吼叫——它怒瞪的双眼只对着我,如同一道道闪电,令我不敢正视。

天啊!娇娇终于挤进了笼子,扑向我,将我掀翻……

我紧闭着眼,我知道,老虎什么时候都改不了吃人的本性,现在谁也救不了我了……

好一会儿,我意识到自己并没有死,也没有被抓咬。我睁开眼,娇娇已跑出了笼子,在不远处的一棵树下。借着灯光,我看到娇娇正极尽柔情地舔舐着一个东西——一只布老虎。

原来,娇娇将我从包里拿出的布老虎误以为是真的虎崽子。

——娇娇没有改变的,是母性。

爬树的狮子

惨烈的旱季,在塞伦盖蒂草原上至少持续了8个月。

雌狮萨吉和姐妹们十多天没有进食了,它们的腹壁宛若两张薄薄的纸,似乎就要粘连到一起,身上更是出现了大大小小的黑斑——它们的生命已到了最危险的时刻。雨季如果再拖上几天不来,它们将必死无疑。

萨吉和姐妹们游荡在如火的草原上,一个个都保持着高度的警惕,哪怕是细微的风吹草动,它们也会立即做出捕猎的准备。然而,一次次的激动和追捕,换来的却是一次次的失望和更加的饥饿。

往日那成群结队的食草动物,现在,都哪里去了?

饥饿中,萨吉和姐妹们又迎来了一个新的日出。可太阳一出来,草原就仿佛起了火,而且,风也死了。草原,是火的世界,死亡的世界。

临近中午,一只兔子出现了,它们立刻追上去,但落了空——造物主的公平在于:她赋予狮子们以捕食食草动物的权利,却又赋予兔子们任何时候都有草(或枯草、草根)可吃的优越。如此,饿肚子的狮子追捕饱食的兔子,当然是徒劳。后来,它们还追击过一匹斑马、一只瞪羚,同样以失败告终。

它们继续在草原上游荡,身上的斑点仿佛更多更大了——死神,离它们更近了。姐妹们有的开始虚脱,躺在地上,大口大口地喘气,不愿起来。萨吉走过去,叫着,拍打着,将它们一个个叫起——作为首领,它不能让姐妹们这样等死。

当不远处那只被它们打劫过无数次的猎豹抓住一只黑斑羚时,萨吉和姐妹们像突然打了鸡血,箭一般地飞过去。眼看就要追上了,猎豹却将猎物拖上了树——造物主的公平还在于:对待这两种"大猫",她赋予狮子比豹子大得多的形体和力量,但将爬树的技能给予豹子。

萨吉最先跑到树下——它是目前姐妹们当中身体最好的。黑斑羚的一只后腿从树上悬下来,萨吉拼命地跳起,试图将它拉下。一次,两次,无数次,萨吉总是差那么一点点。姐妹们也一次次跳起来,但全部是徒劳。终于,它们放弃了跳跃,一个个昂着头,舔着干涩的嘴巴,黯然神伤地看着猎豹在树上悠然自得地享受美味。

黑斑羚还带着体温的血滴下来,姐妹们踮起后腿,昂着头,大张着嘴,激烈地争抢着。大概是黑斑羚的血激起了体内的某种基因吧,萨吉走出狮群,纵身向树上爬去。萨吉毕竟没有爬树的技能,平时敏捷的身子此时却尽显笨拙,平时的蛮横霸道此时却极尽小心。它只得凭借它的利爪,紧紧地插进树皮里,一步,两步……萨吉爬到了三米高的地方。猎豹忽然一声吼叫。萨吉毫无防备,身体一颤,摔了下来。

零星的黑云从天边飘来,阳光有了星星点点的黑洞,空气却更加闷热——雨季,就要来了!然而,萨吉,尤其它的姐妹们,能熬过这一两天吗?

　　姐妹们还在激烈争抢着那点滴的血,萨吉却又一次向树上爬去。这一次,它再不为猎豹的吼叫所惧,小心翼翼,紧盯猎物,一步步往上爬。猎物越来越近,再有两步、一步,萨吉的冒险就有回报了,但猎豹却叼着猎物爬上了更高的树枝。萨吉不放弃,继续爬。

　　猎豹终于无路可逃,一紧张,黑斑羚从嘴里掉下去。

　　萨吉大喜,就要下树。可是,它真的不该违背造物主的意志——上山容易下山难,对狮子来说,上树难下树更难,萨吉在树上连转个身都不知所措。萨吉向树下的姐妹们大叫——它是在向姐妹们求援吗?但姐妹们正在抢夺黑斑羚,谁也顾不上它。

　　天渐渐黑下来。萨吉依然紧抱树枝,双眼大睁,惊恐而无助,除了哀号一动不能动。姐妹们啃光了黑斑羚最后一丝肉(它们至少能够再挺上两天了),这才想起树上的萨吉,可是除了对它叫几声,什么也做不了。

　　第三天清早,塞伦盖蒂草原在一夜暴雨的洗礼下,焕然一新。野牛、角马、斑马、黑斑羚,仿佛一下子从地底下冒出来,遍地都是。萨吉的姐妹们,气定神闲地伏在那棵树下,懒洋洋地舔着嘴角——它们的肚子全部饱饱的。

　　只有萨吉——为了姐妹们的生命而不顾自身实际、宁肯违背规律的萨吉,还在树上:双前肢紧抱树枝,脑袋夹在树杈间,早已僵硬了。

蜂 王 之 死

冬去春来,蜂王——对,你生来就是蜂王,6个月前你的母后产下你这颗蜂卵时就注定了你今天就是蜂王——你从地下爬出来,颤巍巍的翅膀。不错,你现在很虚弱,但你很快就能拥有一个战斗力极强的大黄蜂王国。

你产下第一颗卵。从现在起,你只要让这颗卵发育成功,以后就能安享王座,颐指气使了。

不久,你成功了,你的第一个战士诞生了——除非你生命的最后时刻,它和你王国的所有战士都将被你分泌的信息素牢牢控制,唯你是从。

很快,第二个、第三个战士出世。你的队伍越来越大,你需要的食物也越来越大。你下达了第一道大规模战斗的命令。

一种产于欧洲的蜜蜂——是的,是蜜蜂,一种和你并不遥远的近亲物种,它们仅仅因为数量大、营养丰,就成了你战斗生涯的第一大牺牲品。

一番战斗,你的战士将战利品——欧洲蜜蜂的尸体,呈于你面前。

你尝到了甜头。第二道、第三道战令不断被你下达。开始,你的战士还像第一次那样,以杀死蜜蜂掠夺尸体为目的,但它们很快发现了蜂箱里有更营养的蜂卵和蜂蛹。于是,更大规模、更加疯狂的杀戮开始了。你的每个战士每分钟能杀戮10只欧洲蜜蜂,地上转眼就躺满欧洲蜜蜂的尸体。你的战士冲进蜂箱,掠走卵、蛹,就连它们的蜂王也成了你的美味。

几天后,你又一次命令掠杀欧洲蜜蜂,可这次你失算了——养蜂人怕你,带着蜜蜂逃走了。你只得命令去侦察新的掠杀对象。于是,小黄蜂——不错,是小黄蜂,一种与你有着更近血缘关系的物种,祸从天降。

你同样失算的是,这种美味也只有一次——为了保种,小黄蜂也迁走了。和你做邻居,对谁都是悲剧。

你命令侦察兵再一次出动——现在,你的王国太大了,你必须有大量的食物。一种产于日本、个头和欧洲蜜蜂差不多,但蛋白质含量更高的蜜蜂被你们发现了。

正如你的侦察兵预料的那样,当它肆无忌惮地飞近日本蜜蜂蜂箱的时候,日本蜜蜂恐惧得立即躲进蜂箱。这一举动其实是反常的,因为对你们所有蜂类来说,遇到侵略,都是誓死在巢(箱)外抵抗,以保护巢(箱)内的卵、幼虫和蜂王。但你的侦察兵早已被胜利和骄傲冲昏了头脑,想也不想就冲进蜂箱。然而,不待它看清箱内环境,日本蜜蜂已一哄而上,把它围得密不透风——它们只是围住它,快速地扇动翅膀,嗡嗡地叫着。它左冲右突,但毫无用处。它的体温迅速上升,只几分钟就死了——在漫长的抗争史里,日本蜜蜂发现了你们的致命弱点:你们的体温极限是46℃,而它们是48℃。

你当然不知道你派出的侦察兵为什么总有几只回不来,回来的却尽是些没有任何新发现的。你只得不断地派出侦察兵,可结果总是一样。

你觉得情况在变化,你也感觉到气温在变化,你知道自己至少还要产下一颗卵。为了这颗卵,你需要更丰富的营养。于是,你疯了,无休止地给你的战士下达进攻令,哪怕对方是有着坚硬甲壳的金牛、以蜂为食的飞鸟。你根本不顾你的战士每次都劳而无功或自取灭亡。你为战争而生,你因战争而强大,你不能没有战争!

好在,秋天还不太深,气温也不太低,你的战士还能用生命为你换来些食物。你靠这些食物,终于产下了那颗重要的卵——一个来年将和你一样的蜂王之卵。

可是,此时,那种你一直用来控制你所有战士的分泌物——蜂王信息素,你再也分泌不出了。你的战士们敏锐地捕捉了这一信息,它们一哄而上,就像曾经对待欧洲蜜蜂、小黄蜂一样,不同的是还带着复仇的火焰,转眼将你撕得粉碎。接着,内讧在它们之间迅速展开……

你曾经辉煌无限、战无不胜的王国,一个小时不到就尸首满巢,土崩瓦解了。

——这些,你绝对没有想到吧。

想告诉你的是,那颗被你留了特殊信息的蜂王之卵,安然无恙。来年,它将重走你的路。

还想告诉你的是,不仅是你,我——人类,也如此。

复仇的猎狗

春寒料峭,雪粒子还在洋洋洒洒。

内房,婴儿微弱的哭声又起。五爷叹口气,叫一声"白耳",猎狗白耳就从内房跑出来。五爷摸摸白耳的头,又指指门外,白耳撒腿向对面的山跑去。

打发了白耳,五爷走进内房,他没有看床上饥饿的母子,而是蹲下身看床底下的小狗崽。小东西胖嘟嘟,正睡得香,五爷怜爱地抚摸着它那柔滑黑亮的毛,一遍又一遍。老半天,五爷才狠狠咬咬牙,抱起它走出去……

两个钟头后,白耳回来了,它依然是空着嘴回来——这个春天太贫乏,连猎手五爷和猎狗白耳这对"黄金搭档"都长时间没有收获猎物了。白耳跑向内房,急着给崽子喂奶。

内房突然传来白耳急切的叫声。接着,白耳跑出来,拐拐角角到处找,然后又叼着五爷的裤脚,要五爷帮它找。五爷低着头不动。白耳又凄惨地叫着跑向屋外……

屋内屋外,白耳找了几遍,都不见崽子的踪影——它当然找不到,它的崽子已被五爷炖了。白耳跪伏五爷面前,焦急地叫。五爷已泪流满面,摸摸白耳的

头,指了指泔水桶。白耳跑过去——桶里是它崽子的毛。白耳一声长叫,撞翻泔水桶,转过头,怒瞪五爷,大叫。五爷只低着头,不动。

白耳的嗓子有些哑了,但还是不停地对五爷叫。五爷心疼,伸手想去抚摸它,不料白耳却狠狠给了他一口。五爷叹口气,轻轻踢开白耳。可白耳不罢休,还要咬。五爷只得将它撵出去。

天黑了,白耳还没有回来,五爷出去找。五爷刚转过屋角,一个黑影蹿到他腿上,咬一口就跑。

五爷想白耳是疯了,他懊恼不已。五奶奶更是边流泪边骂五爷忘恩负义:这么多年,白耳看家护院、上山打猎的功劳不说,单说一个月前五爷不在家的那个晚上,五奶奶挺着大肚子到村外的水井提水,白耳也拖着大肚子跟着。五奶奶刚将水桶提到一半,肚子就剧烈疼起来,她赶紧坐下呼救,白耳也大叫。然而呼呼的风里,没有人听得见。后来,五奶奶差不多是骑着白耳才艰难地挨到家,生下了儿子。后半夜,白耳也生了,可它生的4只崽子只有一只是活的。五奶奶说那三只狗宝宝一定是她当时疼得禁不住捶白耳时捶死的……

一整夜,五奶奶都在骂五爷狗都不如,白耳也房前屋后凄惨地叫。五爷数次开门唤它,它不睬。天亮时,五爷的院子里一片狼藉:几只鸡,血肉模糊,死在地上;唯一的羊,躺在血泊里,肚裂肠断;沾血的鸡毛、羊毛,散落一地;草垛被拱倒,浸在水里;舂米的石臼上,撒满了狗粪狗尿,臊臭难闻……白耳在报复五爷。

此后的夜里,白耳总来破坏。有几次还钻进厨房,在锅里、水缸里撒尿拉屎。白天五爷在山上打猎,白耳也如影随形,游走在五爷猎枪的射程之外。每当五爷举枪瞄准猎物,白耳就大叫着惊走猎物,甚至突然蹿出来扑倒五爷。总之,白耳不放过任何报复五爷的机会。

不久,日本兵来了。他们疯子一般,见鸡抓鸡,见狗打狗。五爷也难逃厄运:孩子被摔死,五奶奶被糟蹋后惨死。五爷逃进了山林。

这天,赤手空拳的五爷遭遇一个手持短刀的日本兵,两人厮打了半个多小时,都受了伤,但谁也没有制服谁。就在两人都筋疲力尽面对面僵持着的时候,一个熟悉的声音令五爷不由得紧张起来。五爷用眼睛的余光看去,白耳正圆瞪双眼逼向这边。五爷心想完了,自己的体力本已处于下风,何况白耳又来?五爷禁不住有些颤抖。日本兵发现了五爷的异样,他知道自己该出手了。

五爷清楚地看到,几乎同时,日本兵和白耳跃了起来。五爷闭了眼,他想完了,他甚至想自己能死于白耳,也是报应。可是,五爷却听到日本兵的惨叫。五爷睁开眼:脚下,白耳已将日本兵扑倒,狗和人在地上翻滚、厮打。五爷立即跳了过去……

日本兵死了。五爷抱着肠子都被捅出的白耳,号啕大哭。

绝 对 战 胜

秋夜,如洗的月光,直穿过38万公里的尘埃雾岚,到了地面,却被苍松野菊摇曳得支离破碎,在山石上呻吟游弋。远远近近,一点点绿幽幽的光,发射出一束束绿莹莹的光剑,在树林里扫荡。

忽然,一阵急促的追逐声响起。接着,失败者的惨叫声和胜利者的长嚎声,同时传来。大山也仿佛毛骨悚然起来。

这里,是狼的世界。

今晚,是农垦部队进驻狼荡山的第一夜。石连长指着那一只只绿幽幽的眼睛,说:"同志们,感谢首长让我们到这儿来,我们不仅要狼口夺粮,还要吃狼肉,喝狼汤。"石连长说着就举起枪,"咔咔咔",三只狼滚下山来……

这一夜,石连长开了10枪,10只狼毙命。

第二天,整座狼荡山都弥漫在新鲜狼肉的香味中。石连长怀抱一岁的儿子垦垦,一手握狼腿,一手端酒杯,啃一口狼肉,喝一口酒,说:"同志们,毛主席他老人家怕也没我们吃得好吧?"众人纷纷应和。

"狼！狼！"忽然的大叫，让喧闹的营房立即寂静下来。众人向外看去，一大群狼正悄悄向营房围拢而来。石连长说："别怕，听我的命令！"

枪声大作，石连长和战士们冲了出去。狼群短暂的慌乱后就开始猛烈反扑，但密集的子弹不待它们扑上来就穿透了它们的身体。偶尔一两只狼扑上战士的身，却立即被砍刀劈倒。

枪声，喊杀声，狼嚎声，响成一片。

狼群失败了，但并没有离开——这儿是它们的家园。一连几个晚上，狼群都不停地在山上游走，默默地看着灯火透明的营房和这群忙着拔狼皮，剖狼肚，吃狼肉的人。时而，一阵凄厉的号叫，直怵得月光都微微颤抖。

这天晚上，石连长和战士们正在喝烈酒，吃狼肉。忽然，妻子哭叫着跑来："垦垦不见了。"

战士们好一阵寻找后，确定垦垦是被狼叼去了。

"畜生，叼了我的孩子就能赶走我？"石连长一阵难过后，对妻子说，"别难过了，俗话还说舍不得孩子套不着狼呢。我有办法了，我要将这群畜生一网打尽，一个不留！"

不一会儿，石连长带着几名战士来到山上，不费多大周折就抓到了几只狼崽。石连长把狼崽装进铁笼子里，挂在营前一棵大树上，又在树下放了一盆浓盐水。

第二天一早，公狼哀号着找来了。当听到狼崽的呼唤时，公狼不顾营前荷枪实弹的战士，径直跑到大树下，向着笼子猛然蹿起，却重重地摔下来。公狼爬起来，再蹿，再摔……再也蹿不起来了，公狼就开始往树上爬，也失败了。公狼哀号着，声音越来越嘶哑，越凄凉。

有战士心软了："连长，干脆一枪结果它算了。"

"没那么便宜！"石连长冷冷地说。

公狼站不起来了，就趴在树下拼命地啃树干，企图将大树啃倒。"咔嚓""咔嚓"，树皮被一块块啃下来，公狼嘴角的鲜血也一滴滴流出来。口渴了，它就喝盆里的水。

公狼不知道为什么越喝越渴,越喝嗓子越难受。

就这样,公狼喝着啃着,啃着喝着,终于瘫倒在地。

战士们跑过来,地上、树干上、啃落的树皮上,血迹斑斑。死去的公狼,圆瞪的两眼直盯着树上也已死去的狼崽。战士们呆呆地看着,连何时面前出现了一大群狼也毫无觉察。

就在石连长和战士们为没有带枪而恐惧的时候,狼群却慢慢向两边让开。石连长吃惊地发现,一只母狼,蹲坐地上,安静而慈祥地给怀里的一个孩子——垦垦,喂奶。敢情狼群只是将垦垦劫去做人质,现在是来交换人质的。

垦垦饱了,母狼舔了舔他的小脸蛋,站起身,急切地向大树走来。

眼前的景象让母狼愣住了。好一会儿,它才慢慢抬起头,看着笼子里的狼崽,张开嘴,却没有叫出声,豆大的泪珠一滴滴滚下来。几只老狼走上前,低低叫着,分明是要它离开。它不理睬,慢慢走到公狼身旁,蹲下,闭眼,在公狼身上爱抚地舔了又舔……

突然,母狼跳起来,伴随着一声凄厉的号叫,一头撞向大树!

与此同时,石连长和怀里的垦垦也不约而同地大哭起来。

从此,狼荡山再没有跨进一只狼。

第三辑 / **真假失忆**

你是春风雪中来

 捉　　贼

天地间一片死寂,只有大朵大朵的雪砸地的沙沙声。虽然裹着厚厚的棉袍棉裤,但还是无法抵御彻骨的寒气。我弓腰缩背,双手紧拢,踩着没过脚踝的雪,亦步亦趋地跟着父亲走向村外的后岗。父亲仿佛看出了我的怨气,说:"今晚一定能捉住那个贼。"

"不就几捆稻草吗?大半夜还出来受冻!"我没好气地说,我总以为父亲是小题大做。

"你说得轻巧,没了稻草,开春后咱家大牯牛吃什么?"父亲说着就愤愤起来,"我倒要看看,到底哪个人,不要脸……"

到了后岗,父亲用手电筒四下照了照,茫茫雪地里,只有我家一大一小两个草堆,顶着厚厚的雪,静静地矗立着。我和父亲钻进小草堆洞里,茫然地看着黑咕隆咚的雪的世界。

草堆洞里虽然比外面暖和了许多,但绝比不上家里,更比不了暖和的被窝,我的双脚很快就冻得生疼。"今晚不会有贼了吧?"我说,我想让父亲同意我们早点撤退,可父亲却传出了轻微的鼾声——推了一天的磨,他实在太困了。

不知过了多久,雪停了,却下起了冰子,纷纷扬扬地撒进草堆洞。草堆洞俨然成了冰窖,没有一丝温度。我正要推醒父亲回家,却见一窝微弱的灯光向这边慢慢移来。很快,我看到了,是两个孩子,一大一小,提着防风的煤油灯,径直来到我家大草堆前。

"从里面拉,轻点,别拉倒了草堆。"小个子低声对大个子说,还挥了挥右臂——半截的右臂!天啊,她不是孩子,是矮婶啊!我忘记了推醒父亲:矮婶怎

么会干这种事？怎么干这种事还带着儿子小江——小江比我还小一岁啊。

小江双手抓着一捆稻草使劲往外拉，一个没注意，重重地滑倒在雪地里。矮婶急忙上前扶起，叫他接着拉。小江嘴里却愤愤地嘀咕着什么，站立一旁，不愿拉了。寒风中，母子俩僵持着，浑身颤抖——小江上身穿一件破棉袄，下身是一件旧单衣，而矮婶上下身穿的都是破旧的单衣。

矮婶放下煤油灯，用左手吃力地拉着小江刚刚拉过的那捆稻草，可稻草压得太紧，她发了好几次力也拉不下。小江终于不忍，上去帮忙，母子俩好不容易才拉下了一捆稻草。然后，她们又合力拉下一捆。矮婶提起一捆稻草就要回家，小江却犹豫着说："娘，再拉一捆吧，够牛吃三天了。"矮婶看看草堆，摇着头说："你四伯家草也不多了，他家也有牛呢。"说完，母子俩就提着稻草一前一后地往回走。

我已经决定不叫醒父亲让他们走了，可父亲却突然醒来，一声大叫，明亮的手电筒的光就照上了三四丈开外的母子俩身上。我急忙抓住要往外冲的父亲，与此同时，父亲刚出口的"不要脸的……"骂声也戛然而止——他也似乎明白了什么，慢慢地坐回原地。

明亮的灯光里，矮婶怀抱稻草，弯着腰，脸紧紧地贴着稻草，一动不动。呼呼的北风已掀翻她单薄的衣服，枯瘦的后背整个地裸露在寒风中，任由密密的冰子肆无忌惮地击打。小江更是吓坏了，提着稻草，浑身颤抖得异常厉害。

"是矮婶。"我贴着父亲的耳朵低低地说。

"是……是他哥他嫂吧，你们……"父亲关了手电筒，大声地说，"你们现在回去，带走稻草，明天……明天我再找你们……"

回到家，母亲还坐在床上纳鞋底，问我们抓没抓到贼。见我们谁也不说话，母亲才发现我们的神情很凝重，就一再追问到底发生了什么。

"哎，老天造孽啊！"父亲长长地叹口气说，"你这就起来，给桂香家送稻家草去……"

"是桂香啊？"母亲吃惊地大张着嘴，继而猛拍脑门，懊恼地说，"我应该早就想到是她娘几个了——秋天草堆失了火。"母亲一边穿着衣服，一边喃喃地说,"一个女人家,一见人就脸红,手又不便,还带着那么多孩子,这么冷的天,老老小小加牲口,怎么熬啊……"

此后,每隔两三天,夜深人静的时候,母亲就带着我,将几捆稻草悄悄地放到矮婶家的门口,直到田野里长出了青草。

砸 鸭 子

夏日的早晨,金光满地。

我站在大树下,眼巴巴地看着小松他们在弯塘边快乐地玩耍:时而捞起一把浮萍相互抛砸,时而用树枝在水里钓虾米,时而绕着堤岸一阵疯跑……

我羡慕得要死,真想加入其中,但4年前的情景又倔强地冒出来:那天我和几个小伙伴一起玩,不知谁将小江家一只小鸡丢进水里淹死,却对小江妈说是我做的,于是小江妈拉着我去找我母亲……结果我不仅挨了母亲几记重重的巴掌,还不得再与小伙伴们玩耍,更严重的是,母亲重重的巴掌和骇人的气势深深刻在我的脑海里,出现在噩梦中。

当这一连串镜头再次在眼前放过后,我蠢蠢欲动的心立即平静了,正要转身离开,就听小松在喊我:"小芳家鸭子又在糟你家浮萍了。"我的火气腾地上来了——昨天,因为她家鸭子糟蹋我家浮萍,我妈还和她妈大吵一顿。

我跑去一看,小芳家那只鸭子正在我家浮萍间肆无忌惮地拍打翅膀,直打得浮萍叶四下飞溅。我大叫着,跳着,跺着脚,拍着屁股,可它我行我素,根本不把我放在眼里。

"这样没用。"小松说着就捡起一块瓦片砸过去,鸭子一惊,嘎的一声跑了。我又要离去,可那只鸭子又来了。我捡起一个比玻璃弹子大不了多少的土块砸过去。我的眼线太差,土块落在鸭子一丈远的地方,鸭子毫不在乎。我又捡起一个小土块要砸,小松却说:"就你这眼线,还用那么小的?用大的!"

"就他那猫胆子还敢用大的?"小江不知从哪里冒出来,捡起一块比我手掌还大的瓦片递到我面前,不屑地说,"你要是敢用这个,我把头割给你!"

我的脸挂不住了,一咬牙,夺过瓦片就砸向那只欺人太甚的鸭子。我做梦也没想到,瓦片不偏不倚地砸上了鸭头。鸭头一耷拉,没入水中,身子却在浮萍间快速地打转。

"快!快下去捞上来!"小松焦急地说,"不然马上就淹死了。"

"怕什么?是她家鸭子找死,糟蹋你家浮萍。要是我,早就把它砸死了。"小江见我真要下去,冷笑着说,"怪不得都说你是胆小鬼,长大只能讨猪八戒它妈做媳妇呢……"

"你才讨猪八戒它妈呢!"我推开小江,大声地说,"我才不捞呢,我才不怕呢!"

很快,鸭子拍了几下翅膀,不动了。小江一看,撒腿就跑,还大叫着:"小芳小芳!有人砸死你家鸭子啦……"

不远处墙脚下看书的小芳跑过来一看,哇哇大哭,指着呆若木鸡的我说:"你等着,我妈是饶不掉你的……"接着就号哭着疯一般向家跑去。

我知道出了大事。小芳家很穷,她爹肺结核已卧床一年多了,她妈就靠这只鸭子下蛋给她爹补充点营养。现在鸭子被我砸死了,她妈能饶掉我吗?何况,她妈和我妈昨天还大吵了一架,她妈能饶掉我妈吗?我妈又能饶掉我吗?我想跑,可不知道能往哪里跑——跑到哪里也跑不出母亲的手掌。我呆呆地站着,看着那只死去的鸭子,真希望它能活过来。只要它活过来,它想怎么糟蹋我家的浮萍我都愿意,叫我死我也愿意。

小芳妈来了,是跑来的。她连鞋都没脱就跳进水里,抓住鸭子的双腿,抖动着,再按压鸭子的胸脯,可那只鸭子就是不活过来。小芳妈的脸变了形,泪水也哗哗流下来。

我不知道我的脸是否变了形,只知道全身颤抖得厉害,心脏"咚咚咚"地要跳出来。

小芳妈终于放弃了努力，提着鸭子，看着我，向岸边走来，向我走来。

上了岸，她把死鸭子往我脚下一丢，声音颤抖："你……你……"

"我……我……"我不知道自己想说什么，只知道说什么都是徒劳，只绝望地看着她。

"你……你……"小芳妈忽然语气轻柔起来，说"你别怕，别怕，我不怪你，不打你。"

我蒙了，不知道她葫芦里装的什么药，竟不由得更加颤抖起来。

"娃啊，别怕了，别怕了，婶婶知道，我家的鸭子是自己淹死的，不是你砸的，与你无关。"小芳妈擦一把眼泪，又轻轻地拍着我的后背，"我不会对你妈说的，你别怕啊，别怕……"

我的泪终于决堤般地涌出来。

陌 生 电 话

小兰刚到这个陌生城市的第三天，接到一个电话。对方说："小林，我是王兵啊。"

"我不是小林，您打错了。"小兰淡淡地说。

对方不相信："你的号码不是1396695×××？"

"不是，错了一个数。"小兰说着就挂了电话。

几分钟后，那个电话又打过来："你真的不是小林？"

"我为什么要骗你？"小兰不待对方还要说什么，就不耐烦地挂了。

一个星期后，那个电话又打来。小兰不接。可对方很执着，连续地拨，小兰只得关机。小兰想这可能是个"吸血鬼"电话，可她查了查自己的话费，并无异常啊。

第三个星期，小兰一看到那个电话就愤怒了，破口大骂："你无聊，你无赖！告诉你，我不是什么小林，我是小兰！是小兰！"

小兰骂完了，对方却轻轻叹口气："欺负一个没有自由的人，算什么呀。"

"你说什么，说清楚点……"小兰疑惑地问。对方却轻轻挂了电话。

小兰被这句没头没脑的话弄糊涂了——没有自由的人是什么人？瘫痪的人？被绑架的人？坐牢的人？联想到对方那种哀怨的声音，小兰心里竟充满了好奇和些许的同情。

又一个星期到了，小兰竟不由得等待起那个电话，她决定这次一定要弄清楚。果然，那个电话又准时来了。小兰赶紧接通，并尽量让自己的语气平和、友好："你告诉我，你在哪里？你到底是什么人？"小兰不待对方说话就连珠炮似的问，"你为什么老是打我的手机？"

对方一声长叹："我在监狱里，我叫王兵……"

从这位自称王兵的人倾诉中，小兰才知道，几年前，他因过失伤人被判入狱。他人在狱中心却在狱外，他想与外面联系，想了解外面的世界。他每周在监狱规定的时间给朋友们打电话，可是那些曾经的朋友、哥们都躲着他，不接他的电话。他很失望，甚至对人生很灰心。上次，他凭着记忆，想起了一位朋友的号码，就打过去，哪知却因记错一个数字而打到小兰手机上。

此后，王兵每星期都打来电话。小兰也等待着那个电话，如果哪一次来迟了，小兰还会莫名其妙地不安。小兰向王兵描述外面的变化，劝他好好改造，立功减刑，鼓励他生活的大门永远向有勇气的人敞开。小兰也向王兵倾诉自己一个人在陌生城市的无奈、工作的艰辛和生活的孤单。王兵安慰小兰，每一个熟悉的城市都是由陌生开始的，每一份工作都不会轻松，人要学会在孤寂中生存、发展……他们成了无话不谈的朋友。

半年后，小兰以妹妹的身份踏进了监狱的大门。隔着玻璃墙，王兵紧盯着小兰，说："小兰，你知道我当初为什么会无赖般一次次给你打电话吗？因为你的声音太像我的妹妹了，没想到你的长相也与我妹妹是那么相像。"王兵说着竟然哗哗地流下泪来。

"你哭什么？没出息。"小兰鼓励王兵。

"可是，我的妹妹，她再也不会来了。"王兵擦了擦眼泪，"你不知道，从小，我就与妹妹感情最深。我犯事后，就连父母都觉得我给他们丢了脸，不想搭理我，唯有妹妹，不断给我写信，鼓励我，定期探望我，给我送衣送物。可是去年，妹妹在探望我的路上遭车祸身亡，而我连妹妹的最后一面也没见到！"王兵的眼泪又下来了，"那段时间是我最灰心的时候，如果不是歪打正着碰到了你，我真不敢想象自己还能不能挺过来。"

"哥哥，别哭，你的妹妹，现在不是站在你面前吗？"小兰哽咽着说，"妹妹会按时来看你，妹妹一定做你出狱后见到的第一人……"

此后，王兵认真改造，3年后减刑出狱。王兵出狱那天，小兰早早地等在监狱的门口。等王兵走出来，小兰张开双臂，飞一般地跑过去，一头栽在王兵的怀里，号啕大哭！

"杀鸡"

那是星期天，我正在家做作业，大宝妈拉着大宝气冲冲地跨进我家院子。我放下笔就要逃跑，可大宝妈拦到门口，厉声说："你妈呢？叫她出来！"

"谁找我啊？"母亲慢腾腾地从厨房里走出，一看是大宝妈，慌忙拍着身上的灰尘迎上，"他婶啊！你快坐。"

"你看你看看，你家这野东西把我大宝打什么样了。"大宝妈指了指我，又将起大宝的一只手臂说，"我大宝的胳膊都被他打青了。"

母亲急忙俯下身,用嘴亲了亲大宝的胳膊,接着冲到我面前,拿起脚下的一只鞋,没头没脸地给我一顿打。

我直直地站着,紧咬牙关,任由嘴角的血流下,狠狠地盯着沾沾自喜的大宝。我真想蹿上去再将他打一顿,就像昨天那样:昨天下午,大宝在教室里当全班同学的面又笑话我,但不是像平时那样笑话我家穷、我穿的衣服破之类的我可以忍受的事,而是笑话我父母早晨到他家求他当村主任的爸爸办事,在他家门口瑟瑟缩缩,不敢进门,"像狗一样"。于是在全班同学的哄笑声中,我将他痛打了一顿……

"他婶,你别气,谁叫我养了个畜生呢。"母亲急忙拦着要走的大宝妈,"他婶,你别回家了,赏个脸,中午在我家吃饭……"

当大宝妈终于答应母亲的请求时,母亲就唤回我家的鸡,捉住了"金尾巴"。

我的心一阵痉挛:"金尾巴"是我家唯一的公鸡,全身雪白,长长的尾巴却是金黄的,仿佛一把燃烧的火炬。每天早晨,都是它那洪亮的鸣叫催我上学。我常常想,没有"金尾巴",我能有今天全班第一名的成绩吗?"金尾巴"更是我的骄傲,在周围这十多只公鸡中,没有谁是它的对手——这大概是我在小伙伴们面前唯一可以抬起头的资本了。

母亲叫我捉着"金尾巴"让她宰杀,我一动不动,直直地站着,做好再挨打的准备。

母亲真的要过来打我,大宝却乐呵呵地自告奋勇,抓起"金尾巴"的双腿和双翅。看着母亲的刀割下了,我闭上眼,心里一阵说不出的痛。

忽然,噗一声,我睁眼一看,"金尾巴"正从大宝的手里挣脱出来,跑向一边。我还没来得及高兴,却见"金尾巴"的脖子上正流着血——母亲已割开了它的脖子。

"金尾巴"一定不知道刚刚发生了什么,还像平时一样,高昂着头。或许是觉得自己刚才受到了大宝的侮辱吧,面对大宝,梗起脖子,张开嘴,叫起来。可是,这鸣叫除了加速鲜血外流外,再也没有一点儿声音了。几只母鸡围过来,"金尾巴"一定觉得很没面子,又一次用足力气鸣叫,可依然没有一点儿声音。

不远处，向来视"金尾巴"为天敌的那只黑公鸡仿佛发现了什么，快速跑来。离"金尾巴"两三丈的时候，黑公鸡停下来，警惕地看向"金尾巴"。"金尾巴"知道来者不善，向黑公鸡慢慢迈出一步。黑公鸡不由得后退几步，跳到一捆柴草上，"喔喔喔"一声高叫。"金尾巴"本能地要抬头鸣叫，却一个踉跄。

黑公鸡仿佛增强了信心，跳下柴草，昂首挺胸，逼向"金尾巴"——黑公鸡心中有太多的恨：多少次，它正在母鸡群中显摆的时候，是"金尾巴"给它毫不留情的打击；它也多少次反击，但每次都是惨败，连冠子也被"金尾巴"撕下半块。现在，报仇的机会终于来了。

面对黑公鸡的紧逼，"金尾巴"几次试图挪步迎上，但每次都险些摔倒。它现在能做的，只是站直，只是努力高昂着那有着美丽的大红冠子的却不时会猛一耷拉的头。

黑公鸡越来越近，每走一步，就对"金尾巴"一声啼叫。终于，离"金尾巴"只有四五尺远了，黑公鸡又一声啼叫后，微微伏下身子，做好扑向"金尾巴"的准备。

忽然，"金尾巴"闪电般地射向黑公鸡。黑公鸡大惊，拖着尾巴逃跑了——它不知道，随着咚一声，"金尾巴"栽倒在地，一动不动了。

"金尾巴"死了，大宝高兴地跑上去，"啪"一脚踢过去，说："再能啊？还能啊……"

我扑过去，推开大宝，抱起"金尾巴"，终于大哭起来。

火海里的宝贝

接到火警的时候,消防队员们正在另一处大火场。还处在疗伤期间的王勇不顾领导的劝阻,一个人驾车赶赴火场。

火点是一家单门独户的平房,但在胡同的尽头,消防车无法进入。王勇只得带上必备的器材,徒步奔过去。

到了,王勇简单了解了情况:房子里平日只住着一位老教授,行动不便。

王勇知道,没有消防车,灭火无望,只有尽快救人。于是,他快速装备好自己,冲进了浓烟滚滚的房子。

在卧室里,王勇找到了正在地上爬着的老教授,他抱起老教授就跑。可是,老教授却在他的怀里呜呜叫着,挣扎着,意思分明是要王勇放下他。王勇当然不依他——十多年的消防兵生涯,王勇经历过不少这样的事——火海里,有些人实在舍不得自己亲手创造的财产化为灰烬,宁愿与财产同归于尽。

冲出来了,王勇将老教授放到地上,刚要起身,老教授却一把抓住他,手指着他那正熊熊燃烧的房子,焦急地比画着。王勇不明白,问:"什么?您快说啊。"王勇不知道,老教授半年前做了喉癌手术,失去了说话的能力。

"是不是房子里还有人?"王勇问。老教授焦急地摇着头,双手一遍遍做着怀抱的动作。难道,房子里还有人?

王勇再一次冲入火海。

客厅、厨房、卫生间、卧室,王勇一个个冲进又冲出,可是,除了"啪啪"作响的火焰和已经燃烧的物品,没有人的迹象。现在,只剩下书房了。书房离火源最远,火还没有烧进去,但已弥漫了浓烟,可见度非常低。王勇手扶着墙壁、写字台,摸索着,依然没有发现人。

"没有人,到底是什么呢?"王勇一边继续摸索着,一边努力地想。

忽然,王勇的手摸到了书柜,他顿时明白了:书,从来都是知识分子的生命。何况老教授又是某一科技领域的权威,他的书一定比他的命还重要。王勇来不及多想,抱起一摞书就冲了出来。

老教授正在焦急地等待着。王勇将书往他面前一丢,说:"您要的是这个宝贝吧?"王勇说着,又要冲进房子抱书,可是老教授却阻止了他——老教授要的不是书。

"房子里到底有什么呢?难道老教授真的是为了钱?"有人开始对老教授不满起来。老教授已泪流满面,也完全乱了方寸,只知道用手比画着一个似乎是方形的物件。

王勇知道,对老教授来说,房子里一定有比他生命还重要的宝贝。但不是人,又不是书,更不是钱,到底是什么呢?王勇和老教授一样,焦虑万分。

"啊!知道了——"王勇忽然一拍大腿,又要往火海里冲。一旁的人赶紧拦住他,指着烈焰滚滚、火舌腾腾的房子说:"你……你不要命了?房子……房子随时都能坍塌……"

"别拦我!快来不及了!我知道是什么了,它比我重要……"王勇又一次冲进火海。

客厅的吊顶开始掉落,地上也燃起了一堆堆的火。王勇跳跃着,直接冲向老教授的书房。火苗已经蔓延进了书房,书柜的一半已经燃烧,写字台的一条腿也在呼呼地吐着火苗。王勇冲到写字台边,弯下腰,三下两下一番拉扯,然后抱起一个东西就冲了出来。

王勇抱出来的是老教授的电脑主机——那里有老教授多年来呕心沥血的科研成果,有必将对社会和人类起着重大推动作用的成果。

老教授一看浑身灰蒙蒙的王勇和他怀里的电脑主机,还没有笑开,就泪流满面了。

 真 假 失 忆

如果人的一生总要有一个最令他仇恨的人,杨小武发誓,他最恨的人是李牧。杨小武每每发这样的誓,心里就不是滋味,因为搁在3年前,如果说人的一生一定要有一个最爱的人,杨小武保证,他最爱的人是李牧——30年来,杨小武从没有怀疑过这一点。

可是,3年前,就是他最爱的这位李牧,却害得他家财空尽,甚至差点丢命。而这一切,仅仅因为杨小武一次小小的失误,招致李牧向他使招,接着杨小武报复,李牧反报复……

明天上小龙山,对这两个表面上还是朋友其实已是不共戴天的敌人的人来说,是一场现代意义的决斗。杨小武自己盘算了多日,也现场察看了多次,他相信这一次他与李牧的恩怨能够了断,而且他有把握自己是最终的胜利者。杨小武必须彻底战胜李牧,因为3年里,自己虽主动挑战了多次,但失败者每次都是自己。

这一夜,杨小武不断地预演和完善着自己的阴谋。

第二天早晨,杨小武到车库开车时,李牧已经开出自己的车在车库前等着经他了。

两辆车,两个人,行驶在蜿蜒崎岖的山路上。李牧在前,杨小武在后,相距不过几米——这个距离完全由杨小武决定着。

到了那处最险要的地方了,杨小武的心开始怦怦跳,牙齿也咬得咯咯响。几年前,他和李牧在这儿看到的一幕也再次浮现:一辆车,仅仅被后面的车稍稍擦碰了一下,就翻进了山下,车毁人亡。杨小武今天要做的就是让那一幕重演。

不同的是，当年他和李牧同是目击者、救人者，而今天，遇难者将是李牧，自己除了是目击者、救人者之外，还将是肇事者，只是这一点永远都不会有人知道。

杨小武的车越来越靠近李牧的车。李牧自然深知这段路的危险，仿佛很胆怯，车速与蜗牛差不多，几近于静止。杨小武知道时机成熟了，脸上露出了阴险的笑……

可是，就在杨小武一踩油门的时候，李牧的车却毫无征兆地"嗖"一声蹿了过去。这实在令杨小武意外，他暗叫一声不好，就踩刹车，可是刹车失灵——杨小武和他的车翻下了山。

救人者成了李牧，杨小武成了倒霉蛋。

杨小武在医院躺了7天，李牧也一步不离地守了7天，表面上也难过了7天。前来医院探望杨小武的人都被这两人的深厚情意所打动——他们谁也不知道这两人的关系3年前就已破裂，现在看到的只是假象。

令李牧没想到的是，杨小武竟然神奇地醒了过来，这确实令他沮丧。

然而，醒过来的杨小武竟然失忆了，而且又不是完全的失忆——人的记忆就像磁带，某一段受损了，那一段就模糊或者卡脖子。杨小武记忆卡脖子的正是从3年前他们关系破裂到小龙山事故发生那一段。

失忆的杨小武对李牧一如当年，亲密得不得了。李牧看得出，杨小武对自己的亲密是真诚的，他决定以真诚回报真诚。其实在李牧心里，他早已意识到3年前关系的破裂是自己的错，他也想与杨小武和好，但又深知杨小武的性格：典型的复仇主义者。所以，3年来，李牧只得一次次应战，否则自己就有随时被阴谋的危险，譬如这次小龙山，要不是李牧多了个心眼，翻下山的就一定是自己。现在，杨小武失去了那段记忆，他们之间无障碍了。

杨小武康复得很好。李牧也通过各种方式，将本属于杨小武的一切还给了他。现在，又几年过去了，他们的关系真的和好如初。

只是，除了杨小武，谁也不知道，杨小武当初的片段性失忆不假，但不久后他就想起了一切，他甚至知道了自己的刹车失灵是李牧在车库里对他的车实施了阴谋。那时，他想将错就错，只当真的失忆，等出了院再寻机报复。可是后来,他看到了李牧所做的一切,被李牧的真诚感动了,思想渐渐改变了,于是将错就错:将那令人痛苦的3年经历全当一段受损的磁带,从自己的记忆里彻底剪除。

尹子庭死了

尹子庭是我的仇人。准确地说,一周前,尹子庭是我的仇人。

15年前,尹子庭和我同时被分到这个不大不小的单位。一开始,我与尹子庭相处得还不错,每次见面,我们总有一个抢上前,摸着对方的头或拍着肩,学着领导的口吻表扬对方。

我与尹子庭结仇是一年后尹子庭取得了一个不大不小的成绩,一把手在会上把尹子庭狠狠地表扬了一番。领导表扬下属,这本无可厚非,但问题是,一把手表扬了尹子庭后又顺便扯了句"希望年轻的同志都能向尹子庭同志学习"。我一听这话就闹心了:年轻同志?除了他尹子庭不就是我李木了吗?要我李木学习他尹子庭,凭什么?后来,每当我与尹子庭争斗吃了亏,我就想,当初对一把手的话感到不舒服是应该,但怎么就恨上了他尹子庭呢?哎,世事可能都是这样吧,往往的一闪念,影响的可是一生啊。

我与尹子庭结上了仇,尹子庭最初是不知道的,见了我依然要摸我的头或拍我的肩学领导表扬我。直到一次我当众抓住他的手腕,狠狠一甩,又掐着他的颈子往墙上狠狠一撞,尹子庭才知道我与他成了仇人。

此后这14年,各方面,我与尹子庭都半斤对八两。这就一定程度上决定了我与尹子庭仇恨的不可调和:凡我赞成的,尹子庭击双拳讥讽;凡尹子庭同意的,我跺双脚反对。

我与尹子庭是仇人，连从单位上空飞过的一只麻雀都感觉得到。

上周五，为了周末能自由地打麻将，我找碴与老婆吵架，老婆自然气回了娘家。到了周日上午，按惯例，是我说软话，老婆回家的时候了。于是我翻出那条常用信息："对不起，我错了！我为这么多年带给你的伤害深感羞愧，你能原谅我吗？还愿意与我携手共度这余下的美好人生吗？"奇怪的是，信息发出后很长时间都没有照例收到"原谅你了，下不为例，我这就回家"的回复。我把信息翻出一看，天啊，我输错了号码。再看这号码好像听同事说过，就拿出单位内部通讯录，没查到。我隐约觉得要丢人了，赶紧到同事家查，一查，这号码真的就是尹子庭的(每次通讯录发到手里，我首先就抠掉尹子庭的名字和号码)。

我的脸火辣火辣，骂老婆无聊。正想追加"发错了"的信息时，尹子庭却站在了门口，手里拎着烤猪手，肩上扛着一桶啤酒……

那天中午，我和尹子庭喝成烂泥，也流了无数次泪。

现在，我陷在沙发里，看着报，面前是一杯散发着袅袅香气的咖啡。我的心情好极了——少个仇人，多个朋友，真的很美妙。

忽然，我的门被一脚踢开。

"姓李的，卑鄙！无耻！"尹子庭凶神恶煞地站在我面前，"你耍我，你用这种歹毒的方式诅咒我！报复我！"

我立即明白了尹子庭愤怒的原因。

尹子庭的愤怒是由我发在今天晨报上的一篇文章引起的。我必须交代我这篇文章的大意：尹子庭曾是我的仇人，虽不是杀父夺妻的仇，但也足以到我们的骨灰盒都腐烂了也化解不了的地步。可如今，我与尹子庭已成了铁哥们……文章的最后，我没忘了抒发几句"朋友宜解不宜结""化敌为友，世界多么精彩"的感叹。按理说，尹子庭是不会为这样的文章大动肝火的，但问题是，我这篇文章的标题是：尹子庭死了！而且，编辑还将"尹子庭死了"这几个字排得大大的，简直有触目惊心的视觉冲击力。

这就可以理解了，换了你是尹子庭，你看了这样的标题，你还有心情把文章读下去吗？

看着尹子庭歇斯底里的样子,我想笑,但我知道此时的笑对尹子庭无异于火上浇油。我平静地说:"你看完文章了吗?"

尹子庭一愣,随即说:"我不用看!你这号人,什么卑鄙的事都干得出!"

我把报纸递给尹子庭,指着《尹子庭死了》,说:"认真看,看完后你要是想吃我,我自己跳进油锅里炸!"

尹子庭疑惑地看了看我,气呼呼地看起了文章。看着看着,尹子庭的眼睛红了。再看下去,尹子庭丢下报纸,一把搂住我,说:"木子,我又不是人了!"尹子庭哽咽了,"木子,尹子庭死了,真的,过去的尹子庭死了,永远地死了……"

我紧紧抱着尹子庭,颤抖着说:"子庭,过去的李木也死了!"

你不知道

那天,你坐在公共汽车上。车到市中心的时候,你拿出你刚刚买来的板栗,剥了一个,放到嘴里。你感觉到了板栗的香甜。

你不知道,你品尝着香甜的板栗的时候,你随手将板栗壳从车窗扔了出去。

你不知道,一位36岁的清洁工大姐,看到了你扔下的板栗壳。

你不知道,大姐从早晨五点开始,一直抱着这把十多斤重的大扫帚在这条路上——她承包的这条路上——扫啊,扫啊。

你不知道,你扔下板栗壳的时候,大姐刚刚在一个墙角坐下。大扫帚斜靠在大姐的腿上,大姐的头刚刚低下来。大姐想打个盹。大姐太累了。

你不知道,当大姐看到你扔下的那颗板栗壳的时候,大姐的眉头微微皱了皱。大姐不想去扫。可是,你不知道,你扔下的那颗板栗壳在光洁的马路上,很显眼——虽然只是那么一个小黑点。

你不知道,大姐还是不想起身——她真的太累。

你不知道,那个虽然看上去只是一个小黑点的板栗壳,在大姐已经微微闭上的眼前却越来越大,大到大姐无法再看下去的地步,或者说,大到大姐不能、不敢再看下去的地步。

你不知道,不久前,也是在这儿,一个人吐出的一小团口香糖,因为大姐没有及时去清理,被巡检员发现了,扣了大姐半个月的工钱。而且,你不知道,要不是大姐一把鼻涕一把眼泪地向领导哭诉,大姐的这个饭碗就丢了。

你不知道,大姐左手撑地,右手撑着大扫帚,艰难地站起身。

你不知道,就在这时,大姐看到了上次那个巡检员,他正向这边走来。

你不知道,大姐的心立即紧张得要休克。大姐双手端着大扫帚,就向那颗只是一个黑点的你扔下的板栗壳跑去——大姐必须在巡检员发现板栗壳之前清理掉那个黑点。

你不知道,大姐也不知道,就在大姐端着大扫帚跑到那黑点似的你扔下的板栗壳旁边时,一辆小汽车也正向这边飞来。当大姐发现小汽车、当小汽车发现大姐的时候,一切都迟了……

你不知道,倒在血泊中的大姐正在想什么:大姐那正在上高三的儿子,学习成绩中等,大姐这一走,孩子还能考大学吗?

你不知道,还没有完全丧失意识的大姐还在想什么:大姐那因工伤在家的男人,连床都不能下,大姐这一走,男人以后还怎么活?

…………

你不知道,你扔下的那颗黑点似的板栗壳,让一个16岁的黄金少年,因悲伤,高考失利,过早地承担起生活的重担;

你不知道,你扔下的那颗黑点似的板栗壳,让一个38岁的伤残男人,再也没

有人细心地为他接尿端屎、擦身喂饭;

你不知道,你扔下的那颗黑点似的板栗壳,让一个16岁的生命,满怀牵挂、满腹焦虑地去了天堂……

你不知道……

你不知道?

你应该知道——你应该知道这一切!

 挖　　塘

曾经,后张水塘多,环村都是。

后张的水塘最初是由老队长带人挖的。那年冬闲,老队长要挖塘。村人不乐意,但又不可违抗,只得冒着风雪跟着老队长干。不过到了第二年,他们就积极起来了——水塘方便洗衣洗菜不说,过年时每家还分到了活蹦乱跳的鱼。

最大的弯塘是第三口塘,竣工时,老队长扛着铁锹,站在塘堤上,面对咬人的西北风,与他的干将们一起憧憬着未来。老队长憧憬到兴奋处,一不小心,摔下了堤。堤下是坚硬的冰冻,老队长死了。于是老队长的儿子接过他爹手里的铁锹,人称大队长。

大队长挖塘的干劲比他爹还大。不几年工夫,后张就宛如一座小岛。"岛"上虽然还是原有的绿树红花、泥墙草房,但怎么看都有了别一番味道:晴天,站在村头看水塘,晶晶亮,金闪闪,如一只只怀春少女的眼,直诱得老天一个劲地炫白云,秀蓝纱。

夏天的晚上,一轮圆月或满天星斗。男人在村西,女人在村东,赤着黑黝黝或白花花的身子,泡在水里。男人比赛,有水里憋气、水下潜行、直立踩水、黄狗

刨地、癞蛤蟆晒肚子。比赛的结果，最后一名需伏在水面上给冠军当牛骑。女人用塘泥打仗，打败的要被满身满脸地抹上泥巴，架到水面上"示众"。女人们爱憎分明又表达含蓄，谁要是对公婆不好，"倒霉鬼"十有八九就是她。老人们也不闲着，坐在塘堤上，摇着蒲扇，呐喊着，惊叫着，笑骂着。孩子们更乐疯了，或在男人的比赛中使绊子，或在女人的游戏中打抱不平。

后张每年捕鱼三次：五月节，八月节，过年。

捕鱼是在早晨，当阳光铺上水面，一张十二丈长的大网拉下了水。然后，汉子们分列两岸，眼瞅水面，双手抱绳，待大队长一声"拉"，渔号子就成天嘹亮地响起来。大网渐渐收拢，一条条银色的鱼在女人和孩子的欢叫中慌乱地跳跃于金色的水面。大队长叫着："半尺以下的，放生！放生啊！"

…………

那天早晨，涛子来找大队长，要地盖房子，结婚。大队长埋头喝着稀粥，说："这村里，连个鸡笼都放不下了，哪还有地让你盖房子。"

涛子低低地说："弯塘嘴那块……"

"那块？连头猪都站不下……"大队长说着就明白了涛子是想填塘，把碗一放，"你小子，你要是敢往我塘里填一锹土，我就掰断你另一条腿！"

可是，大队长最终没能敌住涛子：涛子13岁挖塘时跌折了一条腿，成了瘸子。现在都30岁了，还是光棍一个。好不容易谈了个有残疾的姑娘，但女方的条件是必须盖三间瓦房……大队长咬了咬牙，同意涛子把弯塘嘴那块填掉。

虽然大队长一再说涛子特殊，以后天王老子也别再打水塘的主意了，但就像任何事一样，有了第一个，就有第二个，第三个……于是不几年，原先水塘的地方就树起了一座座红砖青瓦房和洋楼洋房。

后张人的后悔是一个渐进的过程。先是牲口饮水需从井里提，后来井水几近枯竭。尤其那年夏天，东头一家失火，上百口人拿着脸盆、水桶去救火，却无水可取，只有眼睁睁地看着好几家变成灰烬。

早已退休的大队长成了祥林嫂，见人就说："我悔青了肠子！后张泡在水里的时候，男女老少，连一个伤风感冒的都少见，可现在，这结石那结石，这个癌那个癌,还有一个个畸形儿……"大队长想重新挖塘,可连不少耕地都盖了住房,建了厂房,哪里有地方可挖?

　　大队长不顾儿孙们的反对,在自家屋前一锹一锹地挖起来,再一簸箕一簸箕地运土。不久,几个老人也参加了进来。他们一边挖,一边回忆曾经的塘。半年后,一口半亩左右、一米多深的塘挖出来了。

　　那夜电闪雷鸣暴雨如注,大队长担心他的塘,穿着雨衣扛着铁锹打着手电筒,出去了。

　　第二天清早,村人发现,大队长的塘垮了,大队长也伏在决口不远的一窝浑水里,死了。

1976年的一坨牛粪

　　鸡叫头遍,德平老汉起了床,喝了碗能照见自己影子的玉米粥就挑起粪筐出了门。

　　天太早,到集市的路都走了一半,还不见一个赶牲口的。德平老汉坐到一座坟堆上等天亮,不料就睡着了。

　　德平老汉醒来时见天已大亮,懊恼得直捶头,跑到路上,瞪圆两眼,像寻找丢失的金子一样搜寻着牲口粪。可除了偶尔拾到别人落下的一些粪渣外,一坨完整的粪都见不到。一整天,德平老汉都在这条路上来来回回,一遍又一遍,搜寻着。现在,天就要黑了,半筐粪还没拾到。

　　德平老汉垂着头往家走,心里毛躁得像十八只老鼠在抓搔。是啊,"庄稼一枝花,全靠粪当家"。过两天就育稻秧苗了,本指望趁这个集市能拾担粪给秧田打打底子,现在倒好,没了这担粪,秧苗还哪里能长壮实?秧苗不壮实,哪来秋后的好收成？秋后没了好收成，明年一家大小八九张嘴又拿什么去填？

到了村外的庙后塘嘴，德平老汉突然两眼放光——一坨完整的牛粪，还冒着热气，安静地躺在涵洞边。德平老汉纵身跳下去，端起粪铲就来铲，却突然停住了——他想起这几天田四家轮养的牛一直拴在这儿。德平老汉想，做人可得讲良心，谁家的粪都能拾，就是田四家的不能拾：他婆娘月初才养下第六个娃子，稀粥每顿都喝不上半碗；前天他9岁的三娃子起早拾粪，栽进自家一丈深的粪窖，淹死了……

德平老汉告诫自己不能拾！可是，眼前却出现了常常在田间地头见到的那一摊摊牛粪上长出的一丛丛青绿青绿禾苗的情景。这可是牲口粪啊……德平老汉的手不听嘴巴使唤了，鬼使神差地将那坨牛粪铲进了自己的粪筐里。

有了这坨牛粪，粪筐挑在肩上沉实多了。德平老汉刚要迈上塘埂，就见一个歪歪倒倒的人影向这边移动。德平老汉一看就知道是田四的婆娘，赶紧躲到近旁的树丛里。

田四婆娘放下粪筐，喘几口粗气，抓着树根，慢慢地滑到涵洞下，拿起粪铲……德平老汉只听她惊叫一声，接着就蹲下身，双手疯一般地扒弄着近旁的荆棘丛。德平老汉不由得倒吸了口凉气，那划在田四婆娘手上的荆棘，分明就划在他的心上。他想站出来向田四婆娘认了，可是，那散发着热气的牛粪却变成了一片青绿壮实的秧苗，很快又成了黄澄澄的稻穗——他没了承认的勇气。

田四婆娘找不到那坨牛粪，坐到地上，呜呜地哭起来，声音如地底下钻出的游丝——她太虚弱了！

夕阳的余晖撒在水面上，反射出粼粼的光。田四婆娘不哭了，双手抓着树根，努力往塘埂上爬，眼看就要爬上了，却又滑了下来。德平老汉几次想过去帮她一把力，可是看看筐里的牛粪，忍了。一次，两次……田四婆娘终于爬上了塘埂，又歪歪倒倒地消失在暮色里。

经过田四家门前时，德平老汉看见田四家还是黑灯瞎火的，田四婆娘捂着胸口坐在门边，最大的闺女端着一碗水站立一旁，另几个娃子靠着墙脚，站着、蹲着、坐着或斜躺着。

德平老汉没有将拾来的粪送进粪窖,而是放在后院里,然后喝口水,和衣躺到床上。

一轮明月挂上枝头,穿过木窗,射在德平老汉身上。德平老汉的眼前不再是那青绿壮实的秧苗,也不是那黄澄澄的稻穗,而是田四婆娘歪歪倒倒的影子、爬塘埂时爬上又滑下的样子、低若游丝的哭声和门前大大小小的娃子。

德平老汉再也睡不下去了,爬起来,挑起粪筐,径直走到田四家的粪窖边,将那坨牛粪连同这一天拾得的粪都倒了进去。德平老汉长吁一口气,挑起粪筐就要往回走,脚下却一个趔趄——德平老汉像一只中箭的瘦鸟,栽进了田四家的粪窖。

清冷的月光下,和前天田四家的三娃子一样,德平老汉再也没能从粪窖里爬上来。

第四辑 / **唱支歌儿给你听**

逃 亡 者

我莫名其妙地卷入了一场战斗，而且我方几乎全军覆没，只有我和我最亲密的战友阿力还活着。我和阿力骑在马上，拼命地向草原的深处逃去。

眼看就要逃出去了，却遭遇了伏兵。阿力让我先跑，他掩护我。我不跑，我要与阿力共生死。阿力骂我愚蠢，挥鞭抽在我的马屁股上。于是，我含泪继续向前逃去。

不知跑了多久，追杀声终于消失了，我想我可以停下了。我现在最需要的就是停下来休息、疗伤——我和我的马都早已疲惫不堪、伤痕累累了。

我正要勒马，身后却忽然传来一个嘶哑的叫声："站住……"我心中大恐，暗叫不好。直觉又告诉我，追兵只有一个人，我可以与他一拼。但我已经受伤，我绝不是他的对手。我一咬牙，鞭马狂奔。

风，在耳边呼呼作响。"站住，你给我站住"的叫喊声愈加嘶哑，愈加焦躁。我当然不会站住——虽然我此时最想站住。我要尽快逃离他的魔掌，到一个安全的地方给自己疗伤。

我逃啊逃，追兵也阴魂般地追啊追。我伤口的血还在流淌。我偶尔想掉过头与追击者决一死战，但理智告诉我，那是不自量力，是最愚蠢的——我从来都相信自己不是愚蠢的人。

"站住，你给我站住"，一声紧似一声，一声狠于一声。我愈加不敢松懈，我知道我只有不停地跑下去才有活下去的机会。我要抓住哪怕是万分之一活下去的机会。

我逃啊逃，累得太阳都坚持不住，滚到了地球的那一边。

追兵追啊追，追出了一个又一个新的太阳。

我不放弃生的希望。

追兵不放弃捕杀我的决心。

我的血还在流淌，我身上的疼痛也时刻能致我昏厥。但我却有着永远也流不尽的血，有着永远也不达极致的体力，更有着绝不放弃的信念。

春风吹进了草原，草原美景如画。我没有半点欣赏的心情。我伏在马上，逃着。

烈日炙烤着草原，草原仿佛火海。敌人也不愿停下享受一丝的阴凉。他扬鞭马上，追着。

草黄了，枯了，我还在奔跑。为了活着，我不会放弃，永远不会！

大雪覆盖了草原，追兵还在歇斯底里地叫着："站住，你给我站住……"他也有着永远耗不尽的力。

秋去冬来，冬尽春至……时间的流逝仿佛越来越快，又仿佛越来越模糊。

无边的草原上，只有两个疯一般的人在疯狂地奔跑。逃亡者只要回过头，就能与追击者交上手，就能结束这场痛苦的追与逃，但没有。

我终于流尽了最后一滴血，轰然栽下马来。

追兵也轰然栽下马来。

我努力睁开眼，我要在临死前看一看这个一直要置我于死地的人，我要到阴间去控告他！

我看到的——追赶我的，竟然是阿力！

阿力躺在地上，一只手吃力地举着一些药品，痛苦的脸上写满了疑惑和不满："给你药……疗伤，你……为什么，不站住……"

我想接过药品，可我死了。

阿力也死了……

——荒唐的梦醒了。惊悸中，我认真地问自己：三十多年来，你到底错过了多少次送上门的机会？

地 生 我 材

秋后的天空并不高远,淅淅沥沥的雨,殷勤地敲打着地面。我低着头,向着田野,踽踽而行。两脚踩在浅浅的泥泞里,寒气直逼背心。

父亲正弯腰抱起一堆堆割下的稻把子,再堆码到一起。我站在田埂上,想喊他,但没有,只呆呆地看。一会儿,我卷了裤脚,也下了田。稻田已积了一层薄薄的水,沁沁凉,油油滑。新割的稻茬,如刃尖,赤脚挨上,就留下一道带血的痕迹。我默无声息地抱起一抱稻把子来堆码。

父亲也抱过来,看到我时很惊喜:"放假了啊?"我低头码放着稻把子,不作声。父亲一定是觉出了我的不正常,抱着稻把子直直地站着……父亲终于默默地将怀里的稻把子堆放好,又走开。

泪水已模糊了我的眼,稻茬仿佛敌意于我,专往我的脚底戳。稻叶也不断划割我从未劳作过的手和臂,痒和痛钻心。我突然恨起了父亲,16年来,再忙再累,他总是不让我做一点儿农活,否则,我现在会如此受罪吗?还有,他现在明明知道我有事,却不问我。

父亲再来时,我低低却怨恨地说:"我不念了。"

父亲吃惊地"啊"一声,站住了。大约半分钟吧,父亲才弯腰堆放他的稻把子。然后,又默默地忙去了。

父亲又来了,我不知道哪来的火气,大声说:"我不念书了,你听到没听到?"我竟然哽咽了起来。

父亲这次没有吃惊,只是在回走时淡淡地说:"你自己的事,对我发什么火?"

又一抱稻把子堆放后,父亲又要走开。我抬起头,说:"我真的受不了了,爸……"我呜呜地哭了。

父亲愣了愣,走过来,轻轻拣去我脸上的稻叶,站着,听我哭诉:

我以全县中考第一名的成绩上了县一中,可我却是班上唯一来自农村的孩子,我又是唯一穿布鞋的,而且将"布鞋"发音为"布孩",因此同学就戏谑地叫我"布孩子"。为了不让布鞋浸水,雨天我就不喝水以便不上厕所。可今天上午,我的尿憋不住了……通往厕所的路已积了一窝窝水,我踮着脚尖跳着前行。到一个同班同学面前时,他突然伸出腿,我结结实实地摔倒了。一片笑声中,我强忍疼痛爬起来,本想像往常一样就走,可当看到我的布鞋因摔倒而湿了的时候,开学头天晚上劳累了一天的母亲连夜给我赶制这双鞋子的情景定在了我的眼前。我愤怒了,冲过去……结果,好几个人冲过来……末了,一个同学指着趴在地上的我说:"记住了,在这里,老子是天!你嘛,充其量只是这任我踩踏的地!"说着就狠狠地跺几脚地,又踢一脚我……

"我真不想做那任人踩踏的地了,爸,我不念了吧。"我的语气里有了试探的成分。

天渐渐黑下来,父亲还是不说话。

近旁,一群鸭子正伸着脖子抢吃着还没有割的稻穗。我吆喝,但鸭子们全然不顾。我跺着脚拍着屁股吆喝,鸭子们还是贪婪地抢吃着。父亲端起扁担,对着那排直伸着的鸭脖子,一扫,鸭子们就跑的跑,倒的倒了。看着一群跌跌撞撞逃跑着却还不时伸脖子勾食稻穗的鸭子,父亲说:"你要向它们学。"

我疑惑地看着父亲。

"天黑了,它们一回家就该进笼了,这一夜就再吃不上食了。再不趁机吃饱,就只有挨饿的份了。所以,它们才不管你的吆喝呢。它们只拼命地吃。"

我愣愣地看着那群贪婪的鸭子,不说话。

"地?地有啥不好?地生万物。你看这么多稻子,谁不是地生的?再看那一排排大树,也是地生的!可它们谁不是材?"父亲站在我面前,"天生我材必有用。地呢?地生我材——也一定有用!"

我不由得点了头。

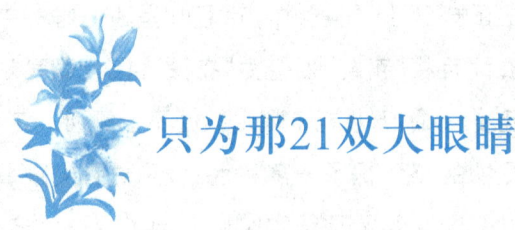
只为那21双大眼睛

就要离开小镇,离开那21双与我们交流了40天的大眼睛,回到我们的大学校园了。作为赴贫困地区支教的一名志愿者,40天来,小镇、小镇的人和事,给了我太多的感受,并且已经成为我生命的一部分,将永远珍藏在我的记忆里。

上完最后一节课已是正午时分,站在那间教室门口,再一次看那已看了无数遍的山:一座座,宛如钝斧劈开,又经千万只恶狗啃噬、滚打。岁月的风雨冲洗了肥沃,冲洗出千沟万壑,如历史书籍中那一页页发黄的褶皱,光秃秃、灰蒙蒙。只有那一排排白杨,倔强地挺立在太阳底下,痛苦地炫耀着黄土高原的生命力。

五十多岁的老镇长来了。一番感谢后,老镇长热情地邀请我们到饭店吃饭。我们坚决推辞。老镇长分明铁了心,说我们不去就是不给他面子。最后,双方相互妥协——吃一顿便饭。

饭店是小镇档次最高的,包厢是饭店最豪华的。虽然刚才说好是便饭,但桌上还是摆满了高级菜肴——虽然在城里这是最普通的菜。老镇长亲自为我们每人斟满一杯酒,再给自己斟满,起身,举杯向我们敬酒。我们还没来得及推辞,老镇长已经"先干为敬"了,而且一连三杯。说实在的,他这种出尔反尔的德行,一连三杯酒的霸道,让我们很是看不惯。我们竟然不谋而合地坚持说不喝酒,连酒杯也不端。老镇长于是又一个劲地招呼我们吃"美人腿""中华鳖"。我们依然不约而同地不动筷子,连一句礼貌的应答也没有。

气氛冷清到极点。

老镇长显然没料到这一幕,叹口气,出去了。

很快，老镇长抱着一个红绸布包着的小木箱，急急地回来了，说："对不起！我们喝这个！"他打开小木箱，拿出里面的两瓶酒，递给我一瓶。接着打开另一瓶，给自己斟满，双手端起，又一次"先干为敬"！

当我看清那瓶子上的标签时，浑身不由得一哆嗦，心里分明打破了五味瓶。老镇长并没有发现这一点，只是一个劲地劝我喝这个酒。

"镇长，听我讲个故事再喝吧。"不知哪来的勇气使我腾地站起身，"一年前的那个暑假，一个男孩，没日没夜地在城里捡破烂，父亲在工地上做牛马。但是，开学前一天，他上高中的学费还少300元。他瘦弱、疲惫的父亲，硬是求着采血站的大夫将针管插进他的血管。可是，这位虚弱的父亲在晚上回家的路上，滑下了山……"我显然动了情，"于是，上高中，读大学，成了这个男孩心中永远的梦和痛！"

老镇长被这突如其来的故事弄得莫名其妙。

我指着他手里的酒说："这瓶酒300元。300元啊，老镇长！也就是说，喝这种酒的人，只要嘴一张，就吞噬了一个孩子一生的梦啊！"我终于控制不住自己的感情，声音哽咽了，"尊敬的老镇长，这个男孩就在离这儿不远的你治理下的一个小村子里，你知道吗？"

"哦，是这……这样啊……"老镇长好像突然酒醒，想说什么，却摇摇头，颓然坐下。

几乎同时，我们将鄙夷的目光齐刷刷地投向老镇长，然后起身就要走。

"误会了，你们误会了！"陪同的中学校长急忙起身，拦住我们说，"老镇长早就想过来看望你们，但他太忙，就一再叮嘱我们要照顾好你们，说人家大学生从城里来教我们的孩子，马虎不得，千万马虎不得啊。昨天，老镇长用自己的工资，亲自到县城买了这些菜，再求饭店加工。可是，见你们刚才总是不吃不喝，老镇长以为你们嫌弃我们小地方的酒菜，才咬着牙拿出了这瓶酒——他是想以这种方式表达他的感激之情，更是希望你们以后再来啊……"校长竟然也哽咽起来。

一名干部站起身，指着我手里的酒说："不错，你那瓶酒的确300元。可是，你知道吗？老镇长的这瓶，是3块钱一斤的散酒装进来冒充的呀！"

室内，不知谁哭出了声。

室外，不知何时已闪亮了21双晶莹的大眼睛。

错乱世界里的守护

那天上午，我溜达到这家幼儿园门口，正赶上孩子们课间活动。隔着铁栅门，我被一只只快乐的"小鸟"深深吸引了。

近前，一个男孩和一个女孩，不知何故，你用小手打我一下，我还你一下，你再打我一下……我正担心的时候，男孩扯起了女孩的腰带，于是两个孩子各抓着腰带一端，挥舞起来，笑起来——聪明的孩子，竟然如此轻巧地化干戈为玉帛。

我正看得入神，身旁骤起一声大笑。转头看去，一个女人，三十岁的样子，红黄色的那种很流行的发型，穿着素雅得体。她双手伸入门内，夸张地挥舞，肆虐地笑。

谁也没想到，两个小家伙又无缘由地燃起了"战火"，而且改用了脚踢，接着又发展为相互推搡。眼看一个比一个更用力地推搡，一个比一个就要摔倒了。

"不能推！宝宝，不能推……"那个女人立即变大笑为大叫，还猛烈拍打着门。见两个孩子不理睬，她后退两步，猛地往门上一蹿，双手抓住门杆，双脚慌乱地向上登——她要翻过铁门去阻止两个调皮的孩子。高跟鞋脱了，她不顾。裙子被风卷起了，也不顾。她什么也不顾，只疯一般往上攀爬。大概爬上一米高的时候，裙子被挂住了，随着咔啦一声响，她也啪一声摔了下来。她爬起来，嘴里哇哇地叫着，又要去攀……

一名老师赶过来，拉开了两个调皮的孩子，她于是停止了神经质的举动。

两个小家伙很快又和好如初，还拥抱着亲了亲。她立即又肆虐地笑起来，根本不顾满身的灰尘和撕破的裙子。

我意识到这是一个不正常的女人。

下午快放学的时候，我又溜达到这里，校门口已聚集了很多家长。人群外，我又看到了那个女人，手捧一个小纸盒，在离我不远处蹲下。她轻轻打开纸盒，小心翼翼地拿出一支红红的蜡烛，点燃。接着，她满脸虔诚，双膝落跪，双手合十，三叩头。做毕，她直起腰，依旧定定地跪着，默默注视着那簇跳跃的烛火，旁若无人。好一会儿，她站起身，冷峻、警惕的目光毫不掩饰地打量着她面前的每一个人。

我正想打听这个女人，就听一声惨烈地叫，扭头一看，那个女人正咆哮着扑向一个小伙子。小伙子毫无防备，一下子摔倒在地。她扑到小伙子身上，双手和头死死地抵压着小伙子的一侧腰部，歇斯底里地叫着："抓坏蛋啊抓坏蛋……"

我和几个人赶紧上去，拉开并控制住这个女人。她疯一般撕咬着我们，凄厉地叫着："抓坏蛋！坏蛋……"

警察赶来了——自从这儿不久前发生歹徒砍杀孩子的惨案后，警察加强了治安巡逻。看见警察，她平静了一些，指着才爬起来的小伙子大叫："坏蛋！警察抓坏蛋……"

警察握住她的手，轻轻地说："放心，他不是坏蛋。"

她听了，伏到警察身上，大哭起来。

警察告诉大家："她的儿子，是上次惨案中遇害孩子之一。于是，她疯了。她常常到派出所，要我们到这里保卫孩子。她每天都来这儿，我们劝过她，可她说她要在这儿保护孩子，抓坏蛋。她还说，蜡烛一点亮，就能看到儿子。"警察叹口气，问那位小伙子，"你刚才一定是有什么物品或举动，让她觉得你是坏人了。"

小伙子恍然大悟：他的裤袋里装着一把儿童玩具枪。

你是春风雪中来

天阴沉沉的,风像是裹挟了无数根冰刺,由西向东,密密地扎进肌肤。

时间只是下午3点,十米外的人却看不清面孔。

期末考试就要到了,期中考试还在折磨我。我害怕考试,确切地说,我害怕考后依然不能给班主任——李老师写信。半年前,我离开班主任上高中的时候,我向他保证不考到班上前三名,就不会去见他,也不会给他写信。然而,期中考试我只考了15名——我至今还没有给他去信,虽然我心里有太多的话要急切地对他倾诉。

现在,我的心情和这天气一样,糟糕透顶。

班长送来一封信,我眼前突然一亮——班主任的来信!

"玲玲好,终于收到了你的信,我很激动。感谢你还没忘记我……"什么?我什么时候给他寄了信?两个月来,我虽然多次给他写信,但一次也没有寄出。难道是他的笔误?

"玲玲,你信中说近来学习不甜但快乐着,心情不躁并轻松着,成绩不升还小降着(哼哼,小丫头片子,把我这一套学得倒不赖啊),我很高兴。是啊,高中不像初中,那可是汇集了全县高手。在高手如云的地方,你,一个普通的农家孩子,能有这样的心态、这样的成绩,怎叫我不高兴?"还是我的班主任理解我啊!一股暖流不由得在心里蔓延开。

"玲玲,给你写信,一是对你在这么恶劣的环境下依然坚持着的精神表示佩服和感动。二是想请你帮我做件事。上周,我偶尔得知丹丹同学因为期中考试考得不好,很消沉。哎,其实,丹丹和你一样,当初也和我约定,说上高中的第一次考试要考第一名,可期中考试她只考了20名。据说,丹丹一直想给我写信,但她傻帽,说羞于给我写信……"啊?原来连我们的老班长丹丹也这么惨啊!我突然有了"觅得知音"的宽慰。

"玲玲,我真想把丹丹这个大傻瓜痛骂一顿!我们读书,难道仅仅为得分数?即便分数,它的取得也离不开一个好心情啊。否则,就是诸葛亮的脑子、孙悟空的身手,也白搭。这些,我以前对你们讲了很多了。"我不由得腹诽起丹丹:真是傻瓜,3年里,班主任哪一次因为分数而责怪过我们?你干吗不好意思给他写信?

"玲玲,我没有丹丹的地址,所以到现在还骂不到她。你和丹丹都在县城上学,所以请你找机会代我骂她一顿。告诉她,老师期待的是一个能学习、能生活的人,而不是一个只能考试的机器、一个连老师都不信任的傻瓜……"对!这个傻瓜是该骂!我愤愤地想,却突然觉得不对,我和丹丹不是一样吗?

"玲玲,最后我要批评你:以后要么别给我写信,写信就一定要署名!知道吗,刚才我翻出了你们三年的作业本,一个一个对照后才确定昨天收到的信是你所写……"呀!敢情是哪个冒失鬼给班主任写信忘了署名,从而让他误认为是我写的啊。班主任,你才是大傻瓜呢。我不由得得意起来。

我得感谢我的某位冒失鬼同学,正是他或她忘记署名的疏忽……疏忽?我忽然感到蹊跷:我的字向来写得最工整,班主任曾无数次号召同学们向我学习,何况他由字认人的功夫我们早有领教,他怎么会出错?还有丹丹,我想起不久前她的一位同学告诉我,丹丹期中考试第一名……

一切都明白了:班主任假装认错信,以便给自己寻一个给我回信的借口,并以此开导我。

漫天飞雪中,一阵淡淡的风,悠悠的,活像三月春风。

"班主任啊,您怎么不早点来信骂我呀……"

眼泪,已经流淌在我桃花般的笑脸上。

唱支歌儿给你听

雨,仿佛张牙舞爪的蜘蛛在抛丝,上下左右,身前身后,层层密密,缠着绕着,躲不开,抛不去,也斩不断。春天的美好,原来只在朱自清的文字里。

马力在小树林边停下脚步,他不知道是不是还向学校走。8年了,马力从没像现在这样一想到学校就恐慌。

马力终于走进小树林,也不管草地早已湿漉漉,就躺下了。

不知多久,马力觉得身边站了一个人。他懒洋洋地睁开眼,是兰兰,兰兰正看着自己。

"你怎么到现在也没上学?"马力闭着眼问。

"这话也应该算我问你吧。"兰兰静静地说。

长长的沉寂后,马力坐起,头埋在双膝间,说:"我不想去。"接着像是自语又像在补充,"我不能去学校。"

"怎么了?"

马力抬头淡淡地看一眼兰兰,生气地说:"你明知故问!"

兰兰从书包里拿出一沓报纸,几张铺地上自己坐,又递几张给马力,说:"坐报纸上吧。"

马力抓过报纸,"哗啦哗啦"发疯地撕扯着,又狠狠揉成团,砸向远处。

"你……你怎么了?"兰兰焦急地问。

"我恨报纸!我恨死报纸!"马力的头耷拉在竖起的双膝上,手指插在浓密的头发里,狠狠抓搔头皮,痛苦地说,"你也来羞辱我了!"

兰兰紧紧抓住马力的手,焦急地说:"对不起,到底发生了什么,告诉我。"

"告诉你？"马力冷笑着,"全校都知道了,还要我告诉你？骗鬼去吧！"

"这几天,我不是也……也没上学吗？"

马力愣了愣,又赔罪似的冲兰兰笑了笑:"都是我爸爸……不！我没有爸爸……"

"马叔叔？马叔叔怎么了？"兰兰也想起有一段时间没见到马力的爸爸开小车接送马力了,难道他出事了?"马力,马叔叔怎么了？"

马力一把抓起书包,拿出一份报纸,揉了揉,掷给兰兰。兰兰小心展开报纸,马力爸爸的照片赫然在目,再看标题,兰兰就惊呆了——马力爸爸,本地家喻户晓风光无限的企业家,竟然长期生活腐化,道德败坏,违法犯罪！兰兰几次张嘴要说话,都被马力手势制止了。

小树林死一般的静。马力的脸上早已布满了泪水和雨水。

"在我心中／曾经有一个梦／要用歌声让你忘了所有的痛……"

——不知何时,这哀哀的歌声从兰兰微微翕动的嘴里发出。

"老师常说贫困是一种财富,我一直当老师只是在鼓励你们穷孩子。现在,我信了。我也更佩服你了,你从小到大都自食其力。而我呢,总倚仗着那个人为我创造未来。哎,我要是生在穷人家多好啊！"马力一看兰兰哭了,才想起向来活泼的兰兰一直愁眉苦脸着,就问,"你这几天怎么没上学？"

"我不敢上学。"兰兰止住哭,"最近,一个小青年,黄头发,骑摩托车,总在学校门口拦我,要带我玩……"

"为什么？他为什么找你？"马力很焦急。

"我家欠他家钱,几年了也还不起。"兰兰又哭了,"他是痞子,我怕……"

"你为什么不告诉……"马力忽然顿住,他知道兰兰父母每年正月外出打工过年才回家,甚至有时两年才回家一次。兰兰跟奶奶生活,可奶奶体弱多病,与其说是奶奶照顾兰兰,倒不如说兰兰在照顾奶奶。"为什么不告诉老师？"

"告诉老师又有什么用？老师和学校能管到痞子？"兰兰托着腮,"我不想上学了,想去帮爸爸妈妈,可奶奶怎么办？而且,我真不想……放弃。"

"不能放弃啊兰兰！你那么聪明！"马力哽咽了。

风停了,"蛛丝"也断了。小树林里,两个稚嫩的声音,越来越响:

"把握生命里的每一分钟/全力以赴我们心中的梦……不经历风雨/怎么见彩虹/没有人能随随便便成功……"

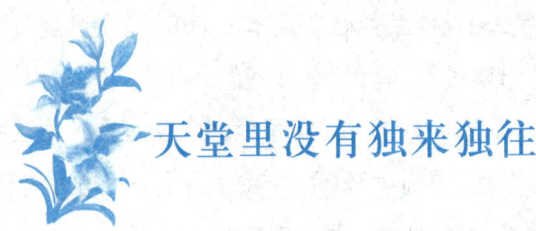
天堂里没有独来独往

清晨,一地白霜。踩上,咯吱咯吱响。

教室里也清冷,孩子们不像往常那样在读书,或者当我到来时佯装读书。班长哭着说:"老师,李力和杨芳,被车……撞……死了……"

教室里,哭声一片。

我想班长一定是搞错了,李力和杨芳,我昨天还去他们家的,说好他们今天就来上学的,怎么会……

李力同村的马老师打来电话,证实了班长的话,还说:"来看看吧,带几个学生。"

脚下还是咯吱咯吱霜碎的声响,雾气开始弥漫。我一个人向李力家走去,没有带学生,我不想让孩子们过早地看到真实的死亡。

冰冷的院子已满是人,老人和孩子居多,眼睛红肿着,啜泣着,哭着,安慰着,忙着。正门外,摆一扇木门,李力躺在上面,一块床单将他从头到脚静静地盖着。昨天下午,我来时,他就站在这个地方,亲切地喊我,给我抹凳子、端火盆、泡茶……现在,仅仅十几个小时,那个充满活力的身体,正在疯长的身体,14岁的身体,就成了冰冷的遗体!

我机械地烧了几张纸钱。我知道李力从来不缺钱,但我只能这样做。我还能做什么呢?

你是春风雪中来

李力的奶奶，七十多岁了，瘫坐一旁，吊着盐水。看见我，老人挣扎着要起来，几个人赶紧按住她。我拉着她的手，我面无表情。老人也面无表情："好老师啊，你昨天怎么不把我孙子带学校去啊？带去了，就不会……"老人突然扯掉手腕上的针头，扑到李力身上，叫着，"孙子宝呀，快把奶奶带去啊……"

班长气喘吁吁地跑来，给我一封信，是李力昨晚托一个邻村的学生捎给我的。我拆开，还是那种间距很大、一个个都孤立着的字，宛若它一向孤独的主人："老师，对不起，我骗了您。我和杨芳去上海了，和我们的爸爸妈妈一起……"

一周前，李力和杨芳说不想念书了。我问为什么。李力说："除了成绩考高中没希望，就是很想爸爸妈妈。"杨芳也如是说，还说家里太穷，想趁早到外面赚钱。我劝他们，但他们主意已定，第二天就没有到学校了。我于是到他们家，一连三次，直到昨天下午，他们才答应今天来上学。不料那是搪塞我。昨夜，他们计划步行到镇上以便搭今早的头班车，不想碰上了一个"醉驾"……

李力的父母回来了，跳下他们崭新的小车跑进院子。这时候，他们还以为是老母亲去世了——邻居给他们打电话时如是说。当发现正哭着的老母时，女人就一头栽倒，不省人事。众人一边叫着女人，一边拉着男人。男人突然暴怒："你们怎么没有人心？天这么冷，还把我儿子放在外面，还不让我儿子进家啊！"有人劝他，意思无外乎暴死在外的人，不能进家，不然妨害家人。他又叫："我儿子没了，家也就没了，还管什么啊！"

李力被抬进了家，仍然躺在那扇门上。

男人终于来到儿子旁边，掀开床单，不顾众人阻拦，侧身躺到儿子身边，说："婶子大爷们，都看啊，我儿子都和我一样长了。我不知道啊，我不知道他什么时候都长得和我一样长了。"他紧抱着儿子，哭叫着，"力力啊，爸爸两年没见到你，你怎么就和爸爸一样长了啊……"

屋内屋外，老老小小，男男女女，撕心裂肺地哭。

男人说："力力半岁就被我们丢在家里，跟奶奶过。村里就他一个孩子读书，上学放学都是独来独往。现在死了，我不能再叫他独来独往了……"

男人的话,让我想起了半年前:有学生告诉我李力和杨芳谈恋爱。我是不信的,但还是找来李力,委婉地说出我的担心。李力请我放心,说他和杨芳每周一早晨都是一个人上学,路上害怕,所以约好每次他先到杨芳家,再一起到学校。别的什么事都没有——事实证明,两个孩子的确什么事也没有。

午后,装有李力的棺材被放进了一个正方形的墓穴,靠左。杨芳的棺材也抬来了,朱红色,覆盖着鲜红的绸子,在冬日的阳光下,如血。鞭炮声中,红棺材也被缓缓放进墓穴。两口棺材,并排着,挨着,似携手。

我知道,两个孩子,天堂里,再不会独来独往!

第五辑 / **最后一个敌人**

大 槐 树 下

灼热的太阳令人眩晕。马力低着头,向村外走去——他已经两年没有在村里抬头了。

走到村西那棵浓密的大槐树边,马力看到几个孩子正捧着书安静地坐在树荫里,马扬站在挂在树上的小黑板前,边写字边讲解——他在给孩子们辅导功课。一看到马力,马扬就喊:"大力,你来得正好,你看这道题怎么做?"

马力头也不抬地说声"我不会",就继续向田野走去。

马力和马扬两家是邻居,从小就在一起玩。上学后,两人同班,成绩都非常好。两年前的中考,马力因病只考上镇上的高中,马扬却考上县里的师范。马力还记得,马扬家摆酒宴那天,全村人都送了贺礼,都美美地吃了一顿。马力爹也送了贺礼,却在田野里顶着毒辣的太阳躲了一天——他爹无法面对那个场景。于是,马力恨上了马扬……

想着这些,马力就到了自家稻田边。他爹只穿件短裤埋头在稻田里劳作,黝黑的脊背,毫无遮挡地直面着灼热的太阳。听到马力喊,他爹站起来的同时就势拔了一根稗草,吃惊地说:"谁叫你来的?快回家看书。"

马力任凭他爹怎么催他,就是不走,直到他爹不得不跟着他一起回家吃饭。

走到大槐树边,他爹要上前和马扬打招呼。马力却"呸"一口唾在地上,拉过他爹就走。

"大力,你不该这样对马扬,你要向他学习。你看人家,大热的天也不停着。"见马力不说话,他爹又说,"爹只想你能像马扬那样,大热的天,不要下地干活,能在大树下乘凉,又能给乡里乡亲做点事,让人家背后都念叨你……"

"爹，你也太小看你儿子了！"马力没好气地说，"你儿子就这点出息？"

一年后，马力考上了名牌大学，这是他们村从未有过的事。

十几年后，马力做了副县长，一次回家，小车开到村口时，他看到他爹和几个人在大槐树下乘凉，马扬也在给几个孩子辅导功课。马力走下车说："爹，你在这儿那我就不回家了，我忙。"说着掏出一沓钱递给他爹，又让秘书从车里搬出几条烟、几箱酒。

"谁要你这些东西哟？"他爹说，"你不回家，那就在树下乘乘凉吧。"

"是啊，乘乘凉，我也正有事要与你说说呢。"马扬走到马力面前说，"我们那教室……"

"我哪有乘凉的时间啊？"马力钻进小车里，摇下窗子，对马扬说，"你那事我知道了。"说着，小车"呜"一声，不见了。

又几年后，副市长马力回家看他爹，他爹还是和一群人在大槐树下，摇着蒲扇。他爹赶紧拉着马力的手说："大力，快到树下乘乘凉。"

"马伯伯，马市长太忙，哪有时间乘凉啊。"随行的一个干部赶紧上前，双手抱着他爹的手说，"马伯伯，到城里住吧，城里的空调要多凉有多凉，我们又都能照顾您。"

"那东西我不习惯。"他爹说着就问马力，"上次马扬和你说的，建学校的事怎么样了？大力啊，你不知道，学校都破成什么样子了，真难为马扬了……"

一个干部赶紧打断他爹的话，大声说："乡亲们，告诉你们一个好消息：就要在你们村的田地上建大工厂了，省里投资，不要大伙儿一分钱。以后啊，你们就不要面朝黄土背朝天了，都是工人了，拿工资了，旱涝保收了；也不要在大树下乘凉了，天天都有空调了。这都是马市长的功劳啊，马市长身在高位，心在桑梓……"

前不久，马力站上了被告席——作为工厂建设工程的总指挥，他无法说明几千万元的去向，也无法说明自己巨额财产的来源。当法官最后问马力还有什么话时，马力泪流满面地说："我想，和我爹，在村口的大槐树下，乘凉；我还想和马扬，在大槐树下，辅导孩子们功课。"

马力不知道他的愿望再也无法实现了：那棵大槐树在建工厂时就被伐了，他爹和马扬，一个一听说他犯了事就气死了，一个在几天前被那塌下的教室砸死了。

# 胖　石　匠

胖石匠只念过两年私塾，就跟着父亲跑江湖。爷儿俩总是正月出门腊月回家，虽然辛苦，但一家十几口的生活却无忧。后来成了家，石匠这门手艺也萧条了，胖石匠就在这方圆十几里跑手艺，早出晚归，勉强维持着一家五口的生计。45岁前后，石匠这一行差不多都失业了，胖石匠就在家种田。

胖石匠手艺精，有同行的请他一起到南方。胖石匠不干，说："那里的活没技术含量，是糊弄人。"那段时间，胖石匠白天做着繁重的农活，晚上一到家就拿起铁锤、钢凿，就着煤油灯，在墙角的乱石堆上击上几凿子。胖婶说："何苦呢你？"胖石匠只说："锤子、凿子都快锈上了。"

胖石匠爱这门手艺到骨子里，所以当儿女们一成家他就一心一意做石匠了。

夏天的早上，胖石匠早早地起，赤膊着，坐在院中心，左手的钢凿一会儿是尖的，一会儿是扁的，一会儿又换成弧形，右手的铁锤适时地敲一下、两下或三下，石头就听话地有了点、线或者圆弧。不久，太阳照到身上了，胖石匠就转到东墙根。下午，再转到西墙根。等西墙的影子舔舐到东墙根了，胖石匠又回到院中心。这时候，胖石匠会偶尔举起铁锤砸向自己的脊背，于是一只苍蝇或蚊子的尸体就烂泥一样地粘在他古铜色的脊背上。

胖石匠对手艺要求严。一件石器出来,别人夸再好,只要他认为有缺陷,就立即砸碎。因此,胖石匠的石器件件精品。所以,虽然那些石器——磨盘、石舂之类的,如今都派不上真用场了,但总有人争相购买——哪一个都是工艺品啊。往往,来人问胖石匠:"这个多少钱啊?"胖石匠头也不抬,说:"我侍弄它花了7天,7天的茶水是多少钱你就给多少。"

　　当胖婶发现这些人低价甚至不花钱从这儿弄走的石器转手到城里就是一个令人吃惊的价钱后,就不让胖石匠再卖给这些人,要自己到城里卖。胖石匠说:"何苦啊?有人为钱,有人为面子,我都不为,我只为手艺,他们爱怎么着就怎么着吧。"

　　胖石匠很胖,做事又从来悠闲散漫,于是大家就叫他弥勒佛。胖石匠自己也很受用。

　　这一年,胖石匠足不出院雕了一尊石像。这石像很神奇:走进胖石匠家院门,就见堂屋大门左边坐着一个真人大小的弥勒佛,圆头亮顶,慈眉善目,两颊雍肉欲滴,笑口大开如花;项挂念珠,袒胸露乳,大腹雍容淡淡,肌肤柔滑爽爽。就在来人一边赞叹"好一个弥勒佛",一边继续里走的时候,却发现那石像又不是弥勒佛了,而是胖石匠自己。到跟前一看,从左边看是弥勒佛,从右边看又是胖石匠自己。细细看(最好用放大镜看),石像上唇上"笑口常开笑天下可笑事"几个隶书小字清晰可见,肚脐四周"大肚能容容世上可容人"也有规则地排列着。于是都说:"弥勒佛,给我也弄一个吧,要多少钱我给多少。"胖石匠看看说话人,捋捋嘴角,摸摸大肚皮,说:"你啊,整天官啊财啊美色的满脑子,不配!"

　　胖石匠常常端把椅子坐在石像旁,陶陶然。一天,5岁的孙子说:"爷爷,你何不再雕一个自己呢?"

　　胖石匠一听觉得很在理,就决定再雕一尊远看是自己,近看是弥勒佛的石像。

　　胖石匠对这尊石像的要求更严了,严得半年里整好了几个毛坯却只因为对某一凿不满意而弃掉。一直到第二年秋后,除了文字还没有雕上,石像就完工了。看着每一凿都代表着自己最高水平、自己再无法超越的石像,胖石匠竟然有些害怕了,甚至手都有些颤抖。

胖石匠要雕的字和前一尊一样。两天后,"笑口常开……"的字圆满完成。第五天下午,还有最后两个字了,胖石匠不由得有些激动……

当发现"容"字下的"口"被雕成"日"的时候,胖石匠傻了。等回过神,他想砸,却下不了手,妻儿们也拦住他。

胖石匠没办法,他开始怨恨自己,骂自己那一刻为什么要激动?为什么舍不得一锤砸掉?现在为什么更舍不得砸……

胖石匠病倒了。临死前,胖婶还劝他:"你啊,不是弥勒佛吗?弥勒佛什么都能容,你怎么就容不下自己的一笔之误呢……"

救 火

国庆长假,我厌倦了"上山看屁股,下山看头颅"和"城里闹得慌,路上堵得慌"的旅游,决定回乡下陪陪父母。

我已经十多年没有在这个时候回老家了,此时的老家,正值一年中俗称"救火"的秋收时节。我的眼前立即浮现儿时的情景:一望无际黄澄澄的稻田里,男人女人、老老小小、胖的瘦的,刀割的、手抱的、肩挑的,一个个都是火线上的战士。谷场上,打场的、翻场的、扬场的、晒场的、收场的,男人的吆牛声、女人的骂儿声、孩子的嬉闹声,夹杂着水牛的哞叫声、石磙的唧呀声,热火朝天。四周,成群结队的鹅鸭、三三两两的猪羊、独来独往的狗,一个个也风疾火燎——它们谁也不敢错过这个为严冬储存"板油"的季节。

到家时是下午3点,太阳还很辣。古老的村庄,一排排很有年头的土木结构的房屋,密密匝匝,一片静寂。

父母不在家，想必在谷场上吧。

到了谷场——曾经被石磙碾得平如镜面的谷场，却满是茂密的野草，没有人，只有几只野兔在嬉闹。正纳闷着，就见二大爷低头背着一捆稻把子，踽踽而来。二大爷听见喊声，放下稻把子，喘着粗气，瞅了半天才认出我。我拣去他深深皱纹里沾夹的枯稻叶，拉呱几句，就要帮他背稻把子。二大爷笑了："你背？他们当瓦匠、木匠的都不愿碰这些东西了，你这写字的手就不嫌？"二大爷说的"他们"，是包括他4个儿子在内的那些在城打工的中青年。

我背着稻把子，二大爷却领我走进他家的小院。我问道："怎么不到谷场上？"

"谷场？就这么点稻子，用得着吗？多少年都不用了。他们都不愿种田了，指望我们——我们都要见棺材了，能种多少？落个口粮罢了。"二大爷长叹一声，"哎，多好的田啊，都荒咯……"

太阳偏西时，我和父母吃了晚饭，来到二大爷门前的高地上拉呱（聊天）。晚霞下，村内外一片死寂，只偶尔有几声从村外水泥路上疾驰而过的汽车喇叭声，或一旁荒草里黄鼠狼的窸窣声。

我们正回忆着曾经的此刻正是大人们收仓和孩子们疯玩的兴奋时刻，忽见二大爷的厨房里一片火光。我第一个冲进去，一看，灶边的稻草正在燃烧。大家都跑来了，拿起锅碗瓢勺，从水缸里舀水泼去，但毫无效果。我拿起门边的塑料水桶，摁进水缸里，可刚提出来，"啪"一声，水桶破了，流水满地。

大火已蹿上房顶，竹椽子发出噼噼啪啪的响声。二大爷扶着墙跑到院门口，大叫："失火了，救火啊……"

救火的人从四面八方跑来，有的提着水桶，有的端着脸盆，有的扛着粪瓢，但除了我和几个上小学的孩子，全部是老人。二大爷搬来一架梯子，靠到外墙上。我接过一桶水往梯子上爬，可才爬到第五级就双腿战栗、头脑发晕，只得下来。二大爷接着往上爬，可刚爬了三四级，就身子一歪——要不是几个人赶紧扶住他，非摔下来不可。

水缸里的水早已用完，我提起一个水桶，不顾父亲的呼喊，跑向不远处的弯塘。可到那儿一看，荒草葱茏，哪有一点水塘的影子？

"叫你不要来你不听，弯塘早就没水了。"父亲喘着粗气跑来，不知骂谁，"败家子，那些年我们花那么大的劲修了那么多的水塘，现在连救火的水都没了……"父亲叫我到老井打水，然而当年弯腰就能打到水的老井如今却深不见底，才提起一桶水，我的双臂就酸麻得使不上一点儿劲了。

村里的人差不多都来了，但依然是清一色的老人。老人们站在地上，使出所有的力气想将水泼向熊熊燃烧的房顶，但要么泼到墙上，要么泼到自己身上，就是泼不上房顶。

火借风势，风助火威，二大爷家的厨房已成一个大火球。老人们不放弃，声嘶力竭地叫着，蹒跚于二大爷家与村外那口唯一还有一点污水的池塘之间。

大火开始向邻近的房子烧去。我想起了报警，于是赶紧给70里外的市消防队打电话，但得到的回答是：城里正值晚高峰，消防车要出城，至少两个小时！

风猛然大起来。立即，下风口的一整排房子，如一条巨大的火龙，跳跃着，翻滚着，呼叫着……

谁 是 傻 瓜

皇上最近有心病,日不能食,夜不能寝。

满朝文武惊慌得不知所措,有的说:"陛下,北方已下了一场透雨,不必再为那旱灾焦虑了。"

皇上摇头。

"陛下,南方的暴民平定了,大小头目全被砍了头,您可以高枕无忧的。"

皇上还是摇头。

老丞相偷眼看看众人,缓缓上前,说:"陛下,您是为边疆的战事而焦虑呢吧?"

皇上不作声。

"陛下放心,贼人虽然嚣张,但我李大将军更是了得!"老丞相说,"陛下,两年多来,李大将军已杀得贼人心惊肉跳、闻风丧胆,再不敢骚扰我们了。陛下龙体重要,宽心啊。"

"老爱卿只知其一啊。"皇上叹口气说,"我是想我的李爱卿了!"

"原来陛下是思念李大将军啊!"老丞相看众人松了一口气,"陛下,那就赶紧下一道旨,宣李大将军速速回京,进见陛下。"

"使不得!使不得!"皇上把头摇得拨浪鼓一般,"边疆离不开李爱卿,边疆百姓也离不开李爱卿啊。"皇上语重心长地说,"朕的军队一半以上都由李爱卿统领着,军中不可一日无帅,朕不能为一己之念而置天下和百姓不顾啊。"皇上又笑了笑,"过一段时间,朕会好的。"

可是,又一个月过去了,皇上思念李大将军的心思却丝毫没有消减,反而越来越重，人都瘦得没形了。这天早朝上，老丞相扑通落跪，声泪俱下，说："陛下要是再不下旨宣李大将军回朝以解陛下思念之苦，老臣就跪死在这儿了。"

皇上眉头紧皱，看着众臣。众臣你看看我，我瞅瞅你，也纷纷落跪，奏请皇上下旨宣李大将军回京。皇上长长叹口气，说："爱卿都请起吧，朕答应就是了。但朕有话说在前面，李爱卿回朝后，不能久留，不能误了国家大事……"

接到圣旨，李大将军向手下如此一番交代后，就一个人马不停蹄赶回京城。李大将军征尘不洗，一头闯进宫里，跪在皇上脚下，头磕得"咚咚"响，痛哭流涕，皇上几次扶他平身，他不起。

"陛下，臣虽身在边疆，心却在主子身上啊。"李大将军说，"醒着，臣眼前是陛下；睡着，臣梦中是皇上；战场上，臣心里是主子；行军中，臣脑子里是万岁啊……"李大将军的哭诉，直感动得皇上直流眼泪。

此后，李大将军每天寸步不离皇上，陪皇上饮酒、下棋、看戏、打猎，直到深夜。

一天，李大将军和皇上在后花园散步，太子来了。太子向李大将军拱手问好。哪知李大将军只是乜一眼太子，一句话不说，更没有行君臣大礼的意思。

皇上不高兴了："李爱卿，这是太子。"

李大将军依然站立，不动。

"李达豪，大胆！"皇上生气了，"见了太子，怎么还不行君臣之礼？"

"陛下，臣为什么要向他跪拜？"李大将军讷讷地说。

"好你个李达豪，见了太子还问为什么要跪拜！"皇上龙颜大怒。

李大将军触电一般，跪到皇上脚下，磕头如捣蒜。"万岁，臣该死！臣该死！"李大将军一边求饶，一边哭诉，"万岁啊，这么多年在边疆，臣只知道带兵打仗，其他的一切都糊涂了。如今，臣的心里，只装着皇上一个人，臣从来只知道要向皇上跪拜。万岁，您告诉臣，太子是什么人，臣为什么要向他跪拜？"

"傻瓜！傻瓜！真乃天下第一大傻瓜啊！"皇上转怒为喜，哈哈一笑，"太子是什么人？太子就是朕之后你的新主子！"

"太子饶命！太子饶命！"李大将军伏在太子脚下，"臣只因一心装着皇上，犯了欺君之罪！太子，臣现在知道了，我李达豪的主子除了皇上，还有太子！太子也是臣的主子。从今后，臣这颗猪脑子就是烂汤了也一定永远装着太子——我往后的主子啊！"

皇上大悦，积压心头多日的疑云彻底消散了。不几日，皇上以"陷害忠良"的罪名杀了密奏李达豪谋反的老丞相。

这天夜里，李达豪来到宫外，求见皇上，说："边疆又有了战事，必须立即赶回，特来向皇上辞行。"皇上立即请李达豪进宫。但是，皇上做梦也没想到，跟随李达豪进宫的还有不知从哪儿钻出来的黑压压、全副武装的人马……

李大将军首先砍下的就是皇上和太子的脑袋。

冰坨里的英雄

天还没有完全黑下来。

马子固狠狠拍几下身上的雪，跺几跺脚，走向久违的熟悉的门。

马子固咳一声，拍一下门。屋内传出年轻女人惊恐的询问声。马子固的心微微一痛。马子固再咳，再拍。年老女人从梦中惊醒，惶恐的同时就惊叫道："是固儿，是固儿回家了！"

一阵手忙脚乱的拉门后，马子固叫一声娘，就抱住娘的肩。娘捧着儿子脸，眼泪就下来了。桂香踢踢踏踏的脚步还没到跟前，双手就啪啪啪地拍打起马子固后背的雪。

娘刚拿出鸡蛋要生火，桂香就喊："娘，燕子尿了，快抱你房里去呀。"娘就责怪："尿就尿了，向来你自己解决的，犯得着叫我？"

孙女抱过来，娘才发现并没有尿。心里暗笑这桂香见男人回来就高兴糊涂了,于是又赶紧抱孙女给桂香送去。一看,房门已关死,只听得桂香咬着牙嘻嘻地笑。娘明白了,轻轻"呸"一声,露出一丝笑,搂紧了孙女回走了。

天才蒙蒙亮,娘就端来两大碗荷包蛋,轻轻喊桂香开门。桂香从熟睡中刚应一声,嘴却被堵住了。娘再喊,就没了声响。娘轻骂一句,笑着,走了。

马子固一起床,就扛来梯子,要上房顶修房。娘和桂香说:"你才回家,好好歇歇,等天晴了再修吧。"马子固说:"就现在修。"

马子固和桂香的房顶修好了,娘的白炖鸡、炒腊肉也飘香了。在马子固的提议下,娘、桂香和3岁的燕子都端起家酿米酒与马子固碰杯,直碰得茅屋里的气温都升了好几度。

娘洗碗,马子固抱着燕子,桂香纳着鞋底,围坐着,笑声溢满了小屋。

太阳快到山顶时,马子固说:"娘,桂香,我要归队了。"

娘的眼泪一下子就出来了,说:"难道……难道是真的?固儿,前线真的吃紧?"

桂香的眼也红了,低声说:"等你回家,他爹……"就再也说不出了……

空旷的草原上,雪发了怒,一团一团,一个劲地砸下来。西北风也发了狂,裹挟着无数根看不见的芒刺,直射下来。为了与草原骑兵比速度,这支封闭训练了三年、第一次出山的飞虎军,将士们一个个赤膊上阵。今夜,他们要将入侵的草原骑兵一举歼灭。

战鼓擂起来。

飞虎军身轻如燕,猛烈似虎;草原骑兵骁勇剽悍,左冲右突。

草原骑兵终不敌飞虎军,纷纷溃退。

"报告大将军,我军500伤员正置身雪地,是留下一部分抢救伤员,还是全军追击?"

大将军抚剑沉思,他在计算,计算至少需要多少人才能将败军赶杀得一个不留。

大将军的心中有着太多的恨,多少年来,就是这支溃败的军队,掠我土地城池,抢我钱粮珠宝,奸我姐妹杀我父兄……终于,大将军向着满地伤员大声道:

"英雄们,我们即将回来,等着我们吧!"接着大喝一声,"全军追击!"

马子固躺在雪地上——他受伤了,但体内的热血依然在沸腾。

冲天的血光渐渐远去,喊杀声终于消失了,辽阔的草原又复平静。马子固的热血开始回落,他分明感觉到了风中的芒刺扎在身上的疼痛。马子固和战友们不由得向一起蠕动……

一轮红日从草原上升起。

凯旋的大将军看着搂成一堆的战友,跳下马,他要扶战友回家。近了才发现,白的雪、红的血,已将这群年轻的身体紧紧地凝固在一起……

庆功大会上,就在大将军举杯祭奠死去的飞虎英雄时,老丞相缓步上前,声泪俱下:"皇上,大将军为我朝杀敌复仇,鞠躬尽瘁,功垂千古。然而皇上,战场上消灭敌人固然重要,保存自己却是根本啊!皇上,见死不救的骂名,皇上和我朝背不起啊……"

不远处,缓缓走来无数披麻戴孝的人,男女老少,悲哭声感天泣地。

青 花 罐

天泽镇一名为宋徽宗所赐。当年,一条天泽河直通淮河,交通便利,四方商贾无不在此泊船,上岸交易,再一头栽进天泽镇大大小小的院落里。

董天之就生长在天泽镇。只是,董天之从不与天泽人来往,因为他不屑。董天之不屑天泽人是因为董天之有一宝物——青花罐!

先前,天泽镇有一名叫小红的妓女,一夜正与一江西瓷器老板风流,不料妓院失火。那瓷老板重情,将小红姑娘压于身下,自己任火烧身……小红姑娘虽保得性命,但烧伤严重,美貌尽失。董天之的先祖为人善良,出资医治了小红,并纳为妾。小红姑娘唯一的嫁妆——瓷老板送她的青花罐，也自然成了董家财产。

董家起先并不知道这青花罐价值连城。后来才明白，它出自青瓷故乡越州，烧制于青花瓷顶峰时期的元朝后期。罐面图文并茂，栩栩如生，为传说中的鬼谷下山图：打头一人巍峨挺拔，端坐麒麟和威龙共拉的两轮车上，气宇轩昂，气质非凡；身后，一人骑狮，身着荡荡铠甲服，举着猎猎鬼谷旗；后一人驾虎，肩扛五环鬼头刀，刀锋吹发，环环追命。画工细腻，坚挺似剑锋，柔顺如飘丝，柔中藏钢，钢里有棉，即便放大百倍，也毫不虚幻空洞。罐体釉面呈青色略带淡黄，晶莹锃亮，圆润碧翠，匀净柔和，呈玻璃质感，类冰似玉。夏日触摸如丝丝涓流直沁心脾，炎热顿消，寒意猛生。胎质细腻，坚硬如铁，纯净无瑕赛比天成。胎色嫩白如鲜乳，稍显微黄，恰似幼雏翅下绒……

为这青花罐，董天之的祖上曾发生过无数场争夺，姑嫂对骂妯娌厮打，叔侄伙拼兄弟残杀，光人命就不下十条。后来，董天之的一位祖上立下规矩：从他这代起，每代只生一个儿子。于是董家相安无事了一二百年。可是到了董天之父亲这一代，麻烦来了：董天之的母亲一胎生了两个儿子。当时，父亲要溺死其中一个，可母亲死活不同意。

董天之兄弟俩自小就不与小伙伴玩耍，只窝在家里看父亲把玩宝贝。董天之渐大，开始琢磨着独霸宝贝。15岁时，双亲故去，董天之寻个借口，将兄弟赶出家门。

独占了宝贝，董天之更是不愿与人来往了，好心人给他介绍对象，他却说人家是觊觎他的宝贝。他每天唯一的事就是把玩他的青花罐。

董天之发现宝贝被盗时，痛哭了十多天，后来于一个月黑夜离开了天泽镇。

数年后，天泽镇来了名鉴宝人。此人满头癞痢，满脸疤痕，异常丑陋，但他有鉴宝绝活。他专鉴青花瓷，只听声观色，就绝不走眼，而且分文不收。于是无数藏家带着宝贝赶到天泽镇，鉴宝人无不热情接待，仔细鉴定。

那天，来了一对杀气腾腾、相互对骂的兄弟——他们的父亲有一件青瓷瓶，他们从父亲健在一直争到故去，也没争出结果。兄弟俩来请鉴宝人给作个价，以便分割。鉴宝人看一眼，就将那件青瓷瓶往桌上一碰，"噗"，瓶子碎了！兄弟俩大惊。鉴宝人呵呵一笑:"此瓶乍看是越窑青瓷,但越窑器物底足呈上敛下撇的'八'字形,绝不会这般倒'八'形。"鉴宝人拿起一块碎片,说道:"看看,这么多年,你兄弟相争的,就是这种废物!"兄弟俩羞愧难当,当场携手和好。鉴宝人连声叹息。

这一天,来位老者,一番打量鉴宝人,取出一件青花罐。鉴宝人一见,一把拿过,瞪圆双眼看起来:罐面乃鬼谷下山图,一人端坐麒麟和威龙共拉的两轮车,身后人骑狮驾虎。胎色嫩白,稍显微黄。鉴宝人倒吸一口凉气,紧闭双眼,将罐放到耳边,轻弹罐体,悦耳清脆如涓水流石;再一弹,似溪水击石……如此五次,一次妙似一次。

"宝物!宝物!绝世宝物啊!"鉴宝人抬头看着老者,"此宝为元朝越窑烧制,世间只传一件,为天泽镇董天之……"鉴宝人大张的嘴巴忽然凝固了,直直地看着来人。

"哥——"一声苍老的叫声,来人泪流满面,"哥,我知道这是你的命根子,当年偷走它就是出于对你赶我出家门的报复。可是,这么多年,看着你远走他乡、隐姓埋名、削发毁容,不分昼夜地钻研、伏案,我知道你就是在等它,我不忍啊……"

"宝物!宝物!"鉴宝人——不,董天之也泪眼模糊,"于生命有意义方为宝物,可我,那些年里,虽有它,但,我活得有意义吗?"董天之缓缓举起青花罐,狠狠地砸下去!

 一碗泥鳅面

"都出来啊,王麻子要毙人啦……"村里,老根叔一边疯跑着,一边塌了天般地叫着。

窑洞前,麻将军枪指绑在树上的勤务兵小冯:"再问一遍,我军的纪律,你知不知道!"

"知道!"小冯大声说。

"好,那别怪我不讲情义了!"咔,麻将军将子弹推上了膛。

"枪下留人!"老根叔跌跌撞撞地冲到麻将军面前,一把捂住枪口,"王麻子,哦不,王将军,不能毙啊!"与此同时,围过来的老乡们也齐刷刷跪下:"不能毙啊将军,求你了……"

"让开!"麻将军推着老根叔。

"你看,娃这么小,又满身伤,都是打鬼子和帮老乡落下的啊!"老根叔颤抖着说,"王麻子,做人可得讲良心啊!"

"良心?老乡的一根草、一截线,啥不是血汗换来的?他拿老乡的东西就讲良心了?"麻将军的额头已渗出了密密的汗粒,"我们的纪律,谁拿群众一截线,定叫他拿命还!"

"谅他初犯。"老根叔紧捂枪口说,"依我看,他吃了一碗,就让他赔两碗,三碗……"

"不!老根叔,我没有……"小冯大叫着。

"你没有吃?那么,那碗面被狗吃了?"麻将军说着就使劲夺枪。

"王麻子,事情还没搞清就杀人,小鬼子的做派呢。"老根叔死死抱着枪说,

"那碗面到底是小冯吃了还是哪条馋嘴的狗吃了,你让告状的人来对质!"

"好!"麻将军对人群里一位四十多岁的女人说,"槐花,你照实说。"

一提到槐花,人群立即炸开了锅:"黑心的婆娘,娃就吃你一碗面,怎么就告到将军这里来?""忘恩负义!不记得你男人死后谁帮你做的重活累活?"

"昨天,夏战士帮我挖地沟,挖了几条泥鳅,我今早就煮了泥鳅面。刚盛进碗,见娃从炕上摔下来,就跑了去。出来时,面不见了。我当时想,那期间只有小冯送柴来过……"槐花说着就哽咽了起来,"将军,我错了,那碗面没被人端走,是我见娃摔下炕就着急,一着急就随手放到窗台上,然后忘了,刚才找到了……"

众人一听,长舒一口气,麻将军也如释重负地坐到地上。不料小冯却大声说:"槐花姨,你撒谎,那碗泥鳅面就是我端走的。"

麻将军和众人丈二和尚一般,看看小冯又瞅瞅槐花。

槐花神色慌张:"我没……没撒谎。"

"没撒谎?那端给大家瞧瞧。"小冯扭着脖子,得理不饶人地说。

"我吃了,吃到肚里了。"

"哈哈,你啥时舍得吃面?还是泥鳅面?"小冯笑着,"你们看,她骗人都不会哩。"

"是啊,槐花不是馋嘴婆娘。"老根叔说着就怪异地笑了,"槐花,敢情那面被你送给他……他吃了?"老根叔把"他"字咬得重重的。

人群一下子哄笑起来:"啊,原来送给二愣子了……"

"没!我没送给他。"槐花满脸通红地争辩着,"那碗面,我不是给他做的。"

"嗨!给就给呗,有啥不好意思嘛。"一个汉子说着就吼起了《信天游》:"愣哥哥你有情意哎,花妹子我情意深哎……"

"真不是给愣子哥的。"槐花委屈地说,"夏战士把泥鳅给我时叫我做给愣子哥吃,说他伤了腿。可我看麻将军都病了一个月,就打算给麻将军,哪知半路杀个程咬金……"

"啥?给麻将军的?"老根叔一下子气愤起来,"谁个畜生,连麻将军的面也忍心吃?"

众人正气愤着,一名执行任务归来的战士急忙跑进人群,说:"将军,那面是小冯端的不假,可不是他吃的。小冯给槐花姨送柴时,看到了灶台上的泥鳅面,就想到您最近病着,于是端了。可小冯一端回来就害怕了,就央我给您送去,我还向您撒谎说……"

"啥!"麻将军弹簧一般从地上跳起来,"我吃的那碗,就是……"麻将军一巴掌打在自己嘴上,"呸!呸!呸!"地唾起来。

小冯扑哧一笑,斜仰着脸说:"反正我没说,我没说被狗吃了。"

"王麻子,你害了我!"老根叔一旁也"呸呸呸"地唾着:"我说我不吃,你非给我半碗,害得我也成了半条狗……"

窑洞前又一次哄笑起来。

最后一个敌人

战斗从黎明打响,现在,太阳就要落山了,还在持续着。

郭连长伏在一棵被炸倒的大树旁。四周,横七竖八的,尽是战友们的尸体。他们,一天前——准确地说,几个小时前,都还是一个个有血有肉有尊严有信仰的生命。再看那边的山头,和这边一样,也似乎被夷为了平地,也同样遍布着横七竖八的尸体——昨天晚上,那一阵高过一阵的歌声,就是那些人发出的。郭连长不由得想:一天后,或者几小时后,甚至马上,自己也会像他们一样,成为尸体吗?生命,就是这样吗?真的是一种虚无的转瞬即逝的东西吗?

看看西天橘红的太阳,郭连长知道自己还必须坚持住,至少擦黑前不能丢掉阵地——他意识到凭自己一个人是无法完成占领敌人阵地的任务了,但守住自己的阵地是无论如何也不能放弃的。

郭连长数了数子弹，还有5颗。他盘算着，隔一刻钟打一颗——他不能让那边知道这边只剩下他一个了。郭连长对着那块石头开了一枪——那边活着的人就躲在那块石头后面，这一点，两个小时前他就确定了。出奇的是，这一枪打后，那边没有像前几次那样立即还以一枪。郭连长立即激动起来：那边是不是死光了？郭连长又开了一枪，那边依然没有回枪。

那边真的死光了！郭连长不由得兴奋起来，就要站起，可是刚一抬头，一颗子弹就擦着他的帽子飞了过去。郭连长大惊，赶紧伏下。

夕阳落入了地平线，郭连长的子弹打光了，但那边再没有还击过一次。郭连长坚信，那边不是死光了就是子弹也打光了——夺取敌人阵地的希望再次在郭连长心头燃起。

郭连长把几处伤口认真处理一遍，抽出砍刀，悄悄向那边的山头爬去。

离那块石头还有20米的时候，郭连长忽然听到石头后有轻微的响动声。郭连长立即伏下，侧耳细听，可是除了一只只归巢的鸟雀的叽喳声，四周一片死寂。鸟雀的声音越来越嘈杂，郭连长知道，那是它们找不到家了——它们的家毁于这一天的枪炮之下。看着一只只从头顶飞过的慌乱的鸟雀，郭连长却羡慕起它们来——它们，现在，至少不冷吧？不饿吧？没有伤吧？没有随时死去的危险吧……

郭连长正想入非非，石头后忽然传来一个人的声音："兄弟，不要过来送死！"

"兄弟？谁是你兄弟？我怎么能和你是兄弟！"郭连长愤愤地骂一句，他更加确信那边只剩下一个人，也没有了子弹，而且从那声音来判断，这唯一的敌人一定受了重伤，至少比自己伤重。郭连长不由得笑了，入伍这几年来，论肉搏，从来没有谁是他的对手。郭连长一声冷笑："狗军，有胆量就出来和老子拼啊！"

没有回声，一片死寂。

郭连长举着砍刀向大石头走去，努力不让脚步踉跄。还有三四米的时候，大石头后突然站出一个"血人"，也举着砍刀，只是紧紧地倚靠在大石头上。郭连长知道他至少废了一条腿，于是抡起砍刀就跳过去。敌人立即要举起砍刀招架,可还没有举过肩膀,砍刀就掉落于地。郭连长大叫一声,"咔"一声,敌人的左臂被砍下了。

郭连长又要砍,不料敌人却在倒地的同时吃力地叫一声:"郭二狗……"郭连长急忙停住砍刀,喝问:"你是谁?"

敌人躺在地上,喘着粗气,艰难地伸出右手,指了指地上刚刚被砍下的左臂。借着微弱的天光,郭连长看到了:那只手臂,只有臂,没有手!

郭连长一激灵,看着那满是血泥的脸,颤抖着说:"你……你是……钟……钟排长?"

敌人无力地点一下头。

郭连长的眼泪哗地流下了——

8年前,正是日本兵在中国横行的时候。郭连长——那时还叫郭二狗,是敌后儿童团团员,那天被一个鬼子抓获要砍头,可就在鬼子的砍刀落下的时候,一只有力的手臂挡了上来,"咔"一声,一只大手落地了。与此同时,一把短刀也插进了鬼子的心脏……

当年以一只左手为代价救下郭二狗的就是刚刚被郭二狗砍去左臂的"敌人"——一名排长。后来的一个多月里,钟排长在郭二狗的悉心照料下,伤口痊愈,重新走向抗日前线……

"8年了,日日夜夜,我都在想你啊!"郭连长抱着已无气息的钟排长,大叫:"钟兄,为什么?你现在为什么这样啊……"

第六辑 / **生死追逃**

搭　　床

上小学三年级的时候，我还和两个姐姐睡一张床。因为我不讲卫生，夜间又总是乱踢被子，所以常常挨姐姐们的揪和掐。她们还常常羞我，说我这么大了还跟女孩子睡——她们想尽快把我赶出她们的空间。我何尝不想有一方自己的空间？可任凭我怎么向父母请求和申诉，他们都不理睬——那时我还没想过置一张床对父母意味着什么。

有一张属于自己的床，是我那时候最大的梦想。

那年春节到舅舅家，见他家屋角处有一张小床，床板是一排竹竿，床腿是两条破旧的大板凳。床上很整洁，床头摆着表弟的语文和数学课本。床边还有一张废旧却干净的椅子，上面放着一盏煤油灯和表弟的作业本、铅笔。我不由得羡慕起表弟来，暗暗发誓回家后一定自己动手搭一张床。

吃了饭，我怀着激动的心情跑回家。屋里屋外一番翻找，好半天才找到一根三尺多长的细竹子。我颓然地坐在门槛上，表弟的小床却倔强地在眼前晃荡。

我没有泄气，决定另辟蹊径。

我拿着菜刀，来到村外那片野生的刺槐丛。刺槐虽然很多很密，但要么太粗，要么太细或太短，根本不能铺床。我在刺槐丛里钻啊跳啊，费了好大的劲才砍了几根基本合格的刺槐，去掉刺，扛着往家走。

一进院门，母亲就气呼呼地夺过菜刀，一看我手脸上都划出了血痕，就"啪啪啪"给了我几巴掌——她烧晚饭找不到菜刀，早就生气了。我不作声，转身要把刺槐放到院角，母亲又上来将我一顿打——我过年的新衣服后背上划破了两道口子。

此后的几天,我拿着从邻家借来的一把废旧菜刀,在村外到处寻找可以砍伐的小树或树枝,甚至还偷砍了小松家的一棵小树(自然又挨了母亲一顿打)。终于,"床板"有了,但用什么做床腿呢?家里仅有两条大板凳,来客人时还要向别人家借,是万万打不得主意的。我思索着,直到看到二大爷在弯塘嘴造土坯。

二大爷时而弯腰做土坯,时而起身铲泥巴。我走过去,拿起铁锹就铲起泥巴送到二大爷面前。二大爷问我干什么。我说:"我帮你,土坯晒干后,我想要几块。"二大爷满口答应。

不几天,二大爷喊我去搬土坯。弯塘嘴离我家二百多米,土坯每块12斤左右。一开始,我每趟能搬两块,到了第四趟,累得我只能一块一块地搬了。

终于搬够了土坯,我来不及休息,也来不及拍抹衣服上的灰土和脸上的泥汗,趁家里没人,赶紧在饭桌边搭起床来。

父亲回来了,我的小床也搭好了。他先是瞪着我,等他发现坐在小床上可以扒着饭桌吃饭时,就说:"也好,就当一条大板凳吧。"

吃过晚饭,我找出所有的课本、作业本,整齐地摆在床头。然后脱了衣服,坐在被子里,正儿八经地看起书来。第二天早晨醒来,我又坐在被子里看了一会儿书才起床,再把被子和书本认真整理一遍,然后上学去。可是,中午放学一看,小床上一片狼藉:被子杂乱,书本被坐得变了形。我责骂父母和姐姐们,他们却无所谓,我哭着又把它们整理好。

下午放学,三大妈家的胖姐正坐在我的小床上和两个姐姐说笑着,被子和书本又乱成了一团。见了我,胖姐笑着说:"国子,你的小床真好啊,还带弹簧呢。"说着就抬起屁股重重地坐下,弹起,又坐下。我赶紧上前拉扯她,她一把推开我,继续坐着弹着说笑着。我急红了眼,抓起她长长的头发就往外拉,她一挣,一绺头发就扯下了。胖姐生气了,站起来,猛地掀翻了小床,再拿起刺槐条"啪啪啪……"一连折断了好几根,还不解气,又踢倒了土坯。我大哭,拿起一根刺槐条,冲向胖姐。胖姐见势不妙,撒腿就跑。我疯一般地追去。

三大妈见我哭喊着追进她家,简单问了一下原因,就拿过我手里的刺槐条,没头没脸地给了胖姐一顿。

三大妈正在安抚着我,母亲来了。母亲一看胖姐被打得那么惨,拾起那根刺槐条,又将我一顿打。

等三大妈把我送回家的时候,我的小床已经不见了:书本丢在地上,被子重又放回了姐姐们的床上,土坯杂乱地扔在院子的泥水里,刺槐条全被折断堆在柴灶边……

生 死 追 逃

"切!雷不打吃饭的,狗不咬上厕所的。"老黑一副不屑的样子,"在厕所把人给逮着,也是兄弟你做得到的?"

"谁是你兄弟?"劳勇专注地开着车,冷笑着说,"看来你还是不服啊?"

"不说也罢!"老黑用被铐着的手砸了砸劳勇的椅背,"兄弟,哦不,警官大人,我这次一进去,这辈子就完了蛋了。"叹口气,老黑认真地说,"劳警官,这儿就咱俩,你抓了我也没人知道。你开个条件,咱俩做个交易。"

"求我?"

"有门?"老黑急切地问。

你是春风雪中来

"球门!"

老黑立即像泄了气的皮球,不作声了。好一会儿,老黑直愣愣地说:"我饿了!吃饭!"见劳勇不理,老黑狠狠踢一下劳勇的座椅,"喊!我还不至于吃枪子儿吧?就算是,也不能让我做饿死鬼吧,兄弟。"

劳勇还是不回头:"想歪点子吧?"

"说人话吗你?"老黑仿佛受了奇耻大辱,懊恼地说,"我有罪不错,但总不该连吃口饭也求你吧?"

"警告你,别想什么花招,你不是我对手的!"劳勇冷冷地说。

"显摆了不是?"老黑揶揄道,"你劳警官的本事可不是在嘴上的!别让我看扁了你!"

劳勇停下车,将自己的一只手与老黑的一只手铐在一起,再盖上一件衣服做掩饰。俩人"手拉手",登了几级台阶,走进一家没有顾客的小饭馆。小饭馆靠墙摆着几张长桌子,几只圆凳子。劳勇拉着老黑走到最里的桌边,毫无声响地将老黑的左手铐在一只桌腿上,再盖上衣服,然后若无其事地挨着老黑坐下。

老板娘拿来菜谱,劳勇将菜谱推向老黑:"今天轮你点了。"

老黑冷冷地说:"酒。"

劳勇拍拍老黑肩膀,笑着说:"兄弟你忘了下午的事?咱们晚上回家喝吧。"

老黑只得识趣地点点头。

第一碗饭吃完,老黑把空碗往劳勇面前一推,敲了敲筷子。劳勇站起身,伸出手去拿碗,那碗却莫名其妙地跳了一下。劳勇扫一眼老黑,那意思你小子别耍什么花招。与此同时,不仅那碗、桌子,甚至整个房子和地面都抖动了起来。说时迟那时快,老黑已纵身从凳子上蹲起,一个后勾腿扫去身后的凳子,大叫一声:"地震!"拉上劳勇就要跑。劳勇也扫开了凳子,拉着老黑叫着:"快跑!"可老黑的手还被铐在桌子上。

地面在剧烈颠簸,房子上大大小小的水泥块在纷纷坠落。劳勇拿出钥匙要给老黑打开手铐,但老黑慌张得全身颤抖,钥匙无法插进锁孔里。又一个巨大的震波袭来,劳勇猛然搬起桌子,叫着:"跑!"就用桌子推着老黑跌跌撞撞地向外跑去。

老黑刚跑下门口的台阶,身后就传来一声巨响,一种巨大的力通过手铐将他猛然往下一扯。老黑被拉住了,扭头一看,小饭馆坍塌了,劳勇趴在地上,上半身在外,下半身连同桌子的一角被压在了废墟下。老黑双手抱着手铐,就要将桌子一起拉出来,但定睛一看,被压碎的桌角正支撑着劳勇身上的楼板。老黑愣住了。

地面还在震动,老黑还在愣着。劳勇咬着牙,抓住老黑的手,打开了手铐,说:"快……快跑!"

一块鸡蛋大的飞石砸在老黑的肩膀上。老黑叫一声,丢下手铐,拼命地掀着劳勇身上的楼板。

大街上一片混乱,无数人抱着头,哭叫着向广场的方向跑去。地面还在不时地抖动,旁边的一幢楼房正在撕裂,石块在纷纷坠落。

老黑的肩膀已经中了两次飞石,鲜血染红了前胸。劳勇说:"快跑,危险!"老黑不听,他意识到无法移开楼板了,就双手拼命地刨着破碎的砖石。

"傻瓜,我是……抓你的警察。"劳勇艰难地笑着说,"我……出去了,你还能……跑掉吗?"

"别啰唆!"老黑命令道。

"这次一进去,你一辈子……完蛋了。"劳勇的脸上越来越苍白,仿佛在请求老黑,"快……快离开!"

"不!兄弟!是我害了你!"老黑跪在废墟上,拼命地刨着砖石,嘶哑地叫着:"不刨出你,我就……死在这儿……"

你是春风雪中来

应 聘

眼看毕业了，看着同寝室的姐妹们都"嫁"上了如意"郎君"，找到好工作，我恨上帝为什么如此不公：论素质，我一直是三好学生；论能力，校学生会主席一直是我……但为什么幸运之神一直不降临到我身上呢？

我茶饭不思，整日坐在阅览室里翻看报纸广告。功夫不负有心人，那天，省城一家民办幼儿园招聘老师的广告，让我暗淡的眼睛突亮。但当我看到"条件：女性，20岁以下，容貌优美……"的时候，我傻了——你一定认为我的长相对不起观众，你错了。我一直都被奉为校花，从小到大也不知道接了多少火热的情书，装饰了多少男孩的梦——我知道这不是在招老师而是在选美。现在这社会，打着堂皇的幌子行着龌龊勾当的事多着呢。我浑身起了一层鸡皮疙瘩，恶心得要吐。

跑到寝室，我蒙头大睡，可怎么也睡不着，我无法抵御这份心仪已久的工作的诱惑！回味起这些天来的求职经历，我动摇了。我劝自己，只要自尊自爱，走得正，行得端，什么也奈何不了我。

笔试成绩很快揭晓，我顺利通过。接下来，我开始琢磨怎样才能在面试中取胜。我总感到前几次的失败，都与面试有关，因为我总觉得自己各方面的能力和素质都是一流，所以很少与人有过谦逊的交流。我告诫自己：这次无论如何也要改变改变自己了。

面试前一天，我请假到一家旅馆住下，又到市场上选购一大堆化妆品和一套我曾经看姐妹们穿就脸红心跳的连衣裙。回来后，在网上点了一些关于化妆造型的知识，认真领悟了其中的要领。第二天，我早早起了床，坐到镜子前，好一番精雕细刻。当我走到镜子面前，看到镜子里浓妆艳抹的那个人时，我恨不得找个地缝钻进去。但我也知道，现在的我，浑身一定散发出一种让男人看一眼就想犯错误的魅力。

面试由园长亲自进行。果然不出所料，园长是一个像泰森一样令人一看就生厌的四十多岁男人。他的目光随着我的走近而逐渐凝固。好一会儿，他才伸出手来要与我握手。他盯着我，张着大嘴巴，几次想说话都没有说出来。我暗笑："好一个讨厌鬼！"

走出大厅，我为自己羞愧，但一想到那讨厌鬼园长的丑态，我知道我已经俘获了他。

然而，等录取结果出来时，我却出乎意料地落选了。我不得不去讨个说法！

园长又接待了我，得知来意，他摇了摇头，说："你的笔试成绩最好，业务素质也令我非常欣赏，但教育要求教育者的素质是各方面的，而你……所以，我很遗憾！"

我掏出那份报纸，指着广告中"女性，20岁以下，容貌优美……"，急切地问："这……这什么意思？"

"哦，是这样的。"园长说，"心理研究表明，女性相对男性更适合于幼儿教育；20岁以下更有利于与幼儿交流；至于容貌，我们更多的是从美育的角度考虑的，虽然这不一定是科学的……"

我知道，自以为是，阴暗的猜测，让我再一次领略了什么是代价。

麻石匠

清晨,清风与麻雀正在枝头嬉闹。麻石匠端着大瓷缸,瓷缸里大片的叶子正扭着腰肢,吐着泡泡,悠闲地往缸底沉。

叩开一个院门,麻石匠说:"磨盘还凿不?"

主人嘟嘟囔囔,揉揉惺忪的眼,忽然高兴起来:"凿啊,凿,难为麻石匠还记着呢。"

主人给大瓷缸续了水,又递上烟。麻石匠开始琢磨石料。麻石匠没有尺,只拃开手指在石料上横竖比几比,磨盘就在心里了。

麻石匠洗了手,喝了半缸茶,女主人也将热腾腾的荷包蛋端来了。麻石匠端起荷包蛋,左腿立地,右腿架在石料上,吸一口碗里的糖水……从现在起,没半小时,麻石匠的3个荷包蛋是绝不会吃完的——他一边吃,一边端详着脚下的石料。

吃了荷包蛋,麻石匠坐到石料上,和男主人闲聊几句,抽几支烟,吃早饭时间就到了。张庄女人都知道,麻石匠的早饭是油粑。油粑端上桌,女主人就撕下锅底油最重的地方给麻石匠。往往,麻石匠会用筷子敲一下女人的手,佯怒道:"擤鼻子的手,洗了?"女主人也不说话,油乎乎的手在麻石匠的脸上抹一把。都笑了。

早饭结束,麻石匠擦了油亮亮的嘴,又吸支烟,喝半缸茶,上一次厕所,洗一回手,然后,拿起铁锤,于是叮叮声从小院传开了。

瘸石匠的儿子狗娃进门就说:"婶,张庄石匠多得是,干吗非找他?看人家石匠,早饭前毛坯都打出来了!"

"狗娃你放屁,你在张庄走一圈,那么多石匠有几个不歇在家?看人家麻石匠,排队都请不上。"女主人大声地说,"慢,慢怎么了?慢工出细活!不慢的来给我干活,我还不稀罕呢!"狗娃低着头灰溜溜地跑了。

一晃几年过去了。这天吃晚饭时,麻石匠家门前停下一辆小汽车。麻石匠刚出门看,在南方做石匠已几年的狗娃下了车。狗娃急忙给麻石匠递烟,说:"叔,我这次是专门回来拜您老为师的。"

"你小子还要奚落我?"麻石匠冷着脸。

"哪里呢叔,那是小,不懂事,是放屁。"狗娃给麻石匠点烟,"叔,原以为我们这一行挺不到十年八载的,但到了南方才知道前途大着呢,什么镇门狮、小磨盘、小饰件,再差的手工也能卖好价钱。不瞒您老,我的手艺要是有您的一半,就赚大了。"狗娃认真地说,"叔,您无论如何要收下我这个徒弟。"

围过来的人一听,就一个劲撮合。麻石匠半推半就地答应了。

第二天一早,狗娃带着好烟好酒来到麻石匠的院子。麻石匠说:"狗娃,你的基本功不行,得从头学。"狗娃头点得鸡啄食一般。

但狗娃只是嘴上应着,事实上根本不学——他每天早早来,除了带一包好烟,还带一张纸,纸上歪扭扭地画着一些大大小小的镇门狮、小磨盘、烟灰缸之类的图形,央着麻石匠按图雕凿。麻石匠不想干,但架不住狗娃抹蜜的嘴和特香的烟,就乖乖地按狗娃的图连天带夜地雕凿了。麻石匠每雕成一个,狗娃就搬回家,说要好好琢磨琢磨。

半个月后的一天,狗娃没有来,麻石匠就去找。狗娃说:"叔,我身体不舒服,歇一天。"

此后的几天狗娃依然没有来,麻石匠坐不住了。进了狗娃的院门,麻石匠就骂:"你小子还学不学了?"一低头,麻石匠吃一惊:院子里横七竖八地躺着大大小小的狮子、磨盘,还都是彩色的,尤其那狮子,眼睛是黑的,鬃毛和尾巴是棕的,别处是浅黄的。

狗娃笑着说:"叔,我进步得怎么样?"

"乍一看很漂亮,但细了看就不见凿功和凿法了。"麻石匠说,"你这彩石哪弄的,怎么这样巧?"

狗娃不答,抽身走向后院。麻石匠也跟了去。

后院里,几个工人正忙着将各种颜色的水泥砂浆灌进模具里,然后不出一分钟,一个个彩色的物件就出来了。

"狗娃!你……你拜师是……是用我的制模型?"麻石匠脸色乌紫,"这也叫手艺?"

"外面人就信这个呢。"狗娃嬉笑着给麻石匠递烟,"叔,您老可不要一根筋啊……"

麻石匠啪地打飞狗娃的烟:"你……你这个败……"话未说完,就口吐白沫,栽倒在地……

张庄抗日人物·三叔

三叔是张庄一带小有名气的铁匠,45岁。

张庄的东头有一座大岭,岭南的水向南流入长江,岭北流向淮河。张家祠堂就坐落在大岭的最高处。

张家是这一带的大姓,张家祠堂因此也规模宏大,庄严神秘。八进八开的正堂,飞檐翘壁。一丈高的院墙,墙内一排排百年古柏,整齐笔直,枝繁叶茂,数丈高,合抱粗。树上,终年栖息着各种鸟雀;树下,黄鼠狼、野兔追逐嬉闹,随处可见。一扇八尺宽的双扇对开黑漆大门,一把大铜锁,将张家祖祖辈辈终年紧锁在里面。每年新春、清明,大门洞开,张家数千男子,持香捧蜡,亦步亦趋,依次进入,再虔诚祭拜……

日本兵进庄后,张家祠堂的这扇大门虽然受到张家数千男女的誓死捍卫,但在洋枪洋炮面前,大门最终还是被捣毁了。张家祠堂于是成了日本兵实施奴化教育的学校。

每天,日本兵都要把全庄的人分批集中到张家祠堂里,教他们说日本话,写日本字。往往,天气晴好的晚上,"上课"过后,为了显示"大和民族是世界上最优等的民族""皇军个个身强体壮",同时也为了显示"日中亲善",兼任张庄警备队队长的稻本就时常与张庄人举行摔跤比赛。张庄人心里本来就十分惧怕日本兵,而且又是稻本强行从人群中拉上场的。因此,上场的人总是与稻本才交上手就被摔倒。

一次,三叔笑呵呵地主动走上前要和稻本比试。稻本拉开架势要开始,三叔一闪身,急忙说:"慢!光这么比没意思,我们赌一赌。"

稻本乐了:"赌什么?"

三叔向四面看看,说:"看那儿的狗屎了没有?"三叔指着不远处两块尚未风干的狗屎,"谁输了,谁就吃一块狗屎,怎么样?"

稻本上下打量眼前这个小个子,阴险一笑,答应了。

比赛开始,稻本不愧为一介武夫,两三个回合后,就见他左腿立定,右腿一个夹裆腿,将三叔狠命向左一摔,三叔"啪"一声,趴在了地上。

日本兵们一阵哄笑:"吃狗屎!吃狗屎……"

三叔爬起来,揉着腿,一瘸一拐地走过去,拿起那块小的狗屎就要吃。稻本立即喝住,要三叔吃那块大的。三叔就听话地拿起那块大的,走到稻本面前,大声说道:"中国有句俗话,叫大丈夫一言既出,驷马难追!我吃!"说着,三叔就一口一口地吞着狗屎,每一口都显得那么痛苦。把稻本和众日本兵都笑得捂住了肚子。

好不容易,三叔吞下了最后一口狗屎,缓了缓气,用袖口抹抹嘴,对稻本说:"再比一下!"

稻本看看还剩下的那块狗屎,又乐了:"你的,还没有吃饱?"

三叔"嘿嘿"一笑。

比赛又开始了。两人都紧抓着对方的胳膊,头抵着头,你摔着来我摔着去。这一次,三叔的脚下仿佛装了弹簧,任凭稻本怎么摔,他就是不倒下。稻本的额头出了汗。突然,只见三叔闪电般腾出双手,弓下腰,紧抱住稻本的腰,头抵稻本腹部,一个后别腿,稻本被放倒了。众日本兵惊呆了,村民中却响起了雷鸣般的笑声。

几个日本兵将稻本扶起来,稻本已经怒不可遏。三叔赶紧跑上去:"对不起,长官!"三叔抹着自己的嘴,"长官吃狗屎的话不计了,我吃……"稻本一听,眼睛一瞪:"你的,大大的坏了!皇军的话,不能不计!"于是喝退三叔和众日本兵,跑过去,捡起剩下那块狗屎——他一定庆幸刚才让三叔吃的是大块的,眉头一皱,又"哈哈"一笑,放进嘴里,嚼也不嚼一下,吞了。

日本兵哪里知道,三叔的鬼点子特多,他怎么会吃狗屎呢?他吃的那块大的"狗屎",是他头天晚上用煮熟的山芋捣碎后做成的。这一点,张庄人都知道。此后,张庄人都佯骂三叔不厚道:"自己吃甜山芋,让日本兵吃臭狗屎……"

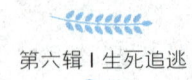

张庄抗日人物·四爷

日本兵侵略中国,张庄涌现出了无数的英雄,但汉奸也同样在张庄出现了。

一个叫黄康的,父母早亡,从小就生活在张庄,是张庄无数的外公外婆、舅舅舅妈、姨娘们一口饭一口粥喂养大的,是张庄的外甥。但这小子就像这小日本不记中国早年对他的帮助一样,他也不记张庄人对他的恩情。日本兵进庄后不久,黄康仗着从小在张庄长大,对张庄家家户户、拐拐角角的熟悉,当上了汉奸。当了汉奸的黄康,常常带着日本兵挨家挨户地搜,尤其是他隔三岔五就要带着稻本到那些家有闺女、小媳妇的人家去……张庄人恨得咬碎了牙,恨自己这么多年来养了一条狗!

黄汉奸对他的主子稻本简直就是一条忠心耿耿会说话的狗。每天清早,黄汉奸的第一件事就是将稻本的尿壶——那种只有一个小口,在床上就可以小便的瓦罐,捧出来,将尿倒掉,再用水清洗干净(为了显示他洗得干净,讨得日本兵欢心,黄汉奸曾多次当着稻本和众日本兵的面,用这个尿壶装水喝),最后再放到太阳下晒。

四爷是张庄"德胜布行"掌柜的、黄汉奸的外公,那年70岁。

四爷曾经最疼爱黄康,但当他看到自己最疼爱的人竟然做了汉奸祸害乡邻的时候,气愤、羞辱使他大病一场。

这天,四爷病刚愈,趁鬼子都出去了,拄着拐杖来到稻本和黄汉奸的住处——四爷被日本兵强占去的庭院。

你是春风雪中来

见四爷来了，黄汉奸老远就迎上前问好，四爷当然知道，这小子其实是不想让自己接近这个院子。四爷很恼怒，一拐杖打在黄汉奸的腿上，骂道："畜生，我进去看一眼都不能了？"

黄汉奸最怕四爷，挨了一拐杖后，听话了，乖乖地领着四爷走进院子。

进了院子，四爷不坐下，只是站着，一句话也不说，眼光扫视着小院子的每一个角落。看着看着，四爷不由得老泪潸然。不一会儿，四爷擦擦眼泪，叫站立一旁的黄汉奸给他倒杯水来。等汉奸连走带跑从屋里端出水来，四爷已转身走到了门外。黄汉奸追到门口，四爷说："我哪能喝畜生的水？"就头也不回地走了。

半夜，稻本尿急。黄汉奸捧着尿壶急忙跑过来，半跪到床边，一手抓着尿壶。稻本正尿着，突然被什么紧紧地咬住了，他大叫一声，一条腿就横扫了过去，扫在黄汉奸的脸上。黄汉奸身体失去平衡，尿壶从手里脱落到地上，碎了。与此同时，一只癞蛤蟆跳了出来。

等稻本回过神，见一只癞蛤蟆正惊恐地向远处逃去，他明白了。于是，拳、脚，雨点般地落在黄汉奸的脸上、身上……

差点被鬼子一枪崩了的黄汉奸怎么也想不到，下午，就在他进屋为四爷倒水的那会儿，四爷将那只拢在袖口里的癞蛤蟆塞进了门口的尿壶里。